LES EUROPÉENNES

ET

POÉSIES DIVERSES

PAR

REDAREZ SAINT-REMY
CHEVALIER DE LA LÉGION D'HONNEUR.

MONTPELLIER
TYPOGRAPHIE DE BOEHM & FILS, PLACE DE L'OBSERVATOIRE
—
1865

LES EUROPÉENNES

ET

POÉSIES DIVERSES

PRÉFACE

Aux ennemis de la Poésie

Des auteurs impuissants l'orgueilleuse cohue,
Grossissant tous les jours, offusque notre vue.
Tels du soleil parfois, en épais bataillons,
Des insectes ailés nous voilent les rayons.
Pour élever la voix, parlez, quels sont vos titres,
Et pour vous ériger en souverains arbitres?
Mais comment ce pouvoir par vous fut-il acquis?
Et vos éperons d'or ont-ils été conquis?
Par votre part, à trois, sur un mince volume,
Bourré de calembourgs forgés sur une enclume.
L'art des vers, à vos yeux, n'est qu'un jeu puéril,
Et de mots, le poète, un assembleur subtil

Qui, dans un cadre étroit, sur des lignes tracées,
Le compas à la main, enchâsse ses pensées.
Il ne peut vous toucher: ou trop prompt, ou trop lent,
D'aller à votre cœur il n'a pas le talent.
Malgré tous ses efforts, quoi qu'il fasse ou qu'il dise,
Vous n'appréciez pas assez sa marchandise;
Vous ne voyez en lui qu'un versificateur
Qui sue, en s'escrimant au métier de rimeur.
Un trait d'esprit, lancé n'importe à quelle dose,
Ne saurait plaire, à moins qu'il ne soit dit en prose.
La prose est naturelle! et rien n'est plus certain,
Puisqu'on parle partout la prose de Jourdain.
Mais celui qui des vers repousse l'harmonie
Est un être imparfait, quel que soit son génie.
Pourtant, on naît poète, a dit un grand auteur,
En matière de vers notre législateur.
Qui ne peut, en un mois, faire en prose un volume,
Mieux encor, même deux, doit donc briser sa plume?
Eh quoi! pour l'art des vers ce superbe dédain,
Et cette haine absurde, est-ce d'un esprit sain?
Sur son front le poète est-il marqué d'un signe
Qui d'être respecté doit le rendre peu digne?
Pour vous, la Poésie est un objet d'horreur;
Pour vous, être poète est presque un déshonneur!
Des peuples, en tout temps, si nous lisons l'histoire,

La Poésie a fait les plus beaux jours de gloire ;
Dans sa reconnaissance, elle a chanté les dieux,
Elle a, pour les héros, ouvert de nouveaux cieux.
Aux sages, des vertus honorables exemples,
Dans les temps primitifs, elle éleva des temples.
Elle rendit sensible et docile à sa voix,
L'homme rude et sauvage, habitant dans les bois.
Civilisation ! ce mot, sur sa bannière,
La Poésie, en or, l'inscrivit la première !
Chacun avait sa lyre et chantait tour à tour
La gloire, les combats, les plaisirs et l'amour.
La Poésie, alors, avec son harmonie,
Animait tous les cœurs des feux de son génie.
Ce culte est en honneur même encor de nos jours,
Transmis à leurs neveux par nos vieux troubadours.
On voudrait le flétrir, le faire disparaître ;
Mais toujours de sa cendre on le verra renaître.
Des adeptes voués à cet art vénéré,
Sauront en conserver toujours le feu sacré.
Quel peuple, juste ciel ! dans son hydrophobie,
Quel peuple eut en horreur jamais la Poésie ?
Un seul peut-être au monde en méconnaît les lois !
Veut-on faire de nous un peuple d'Iroquois ?
Un jour, par une secte ignorante et crétine
Nous avons entendu crier : A bas Racine !

Et c'étaient des Français ! Et quoi ! serait-ce vous,
Ou quelques échappés de la maison des fous[1] ?
Mais d'où vient cette humeur contre la Poésie,
Et ces airs de mépris dont votre âme est saisie ?
Recherchons-en la cause, elle est, sans contredit,
Le fruit d'un esprit faux ou d'un jaloux dépit.
Ce dernier sentiment, dans votre conscience,
De votre esprit rétif atteste l'impuissance.
Insensibles et froids aux vers harmonieux,
Qui vous fait dédaigner leurs concerts gracieux ?
C'est que..... par une fable, un auteur sut vous peindre :
Le renard ne pouvant à des raisins atteindre.
Homère eut son Zoïle, et d'illustres auteurs,
Vos maîtres honorés, eurent aussi les leurs !
Il faudrait donc rougir d'avoir fait *l'Iliade*,
L'Énéide, *le Cid*, *Phèdre* ou *la Henriade*,
Le Tartufe !.... Donnons, pour plaire aux détracteurs,
Ces chefs-d'œuvre à refaire à leurs grands prosateurs.
Sans doute, sur Platon ils veulent prendre exemple.
Ce prosateur divin, que l'univers contemple,
N'aimait pas l'art des vers, il voulait le bannir.
Erreur ! à l'art des vers Platon sut applaudir.
Platon, dans ses Leçons et dans sa République,

[1] A l'occasion d'un drame d'Alexandre Dumas !.. !..

Fait grâce cependant au poète héroïque,
En excluant Sapho, Moschus, Anacréon,
Mais Platon à Tyrthée ouvre le Panthéon.
Qui vous rend si hardis, si fiers dans votre attaque?
Serait-ce, par hasard, l'auteur de Télémaque?
Bossuet, Massillon, Pascal, Châteaubriand?
Tant d'autres écrivains d'un style aussi brillant.
Nous les revendiquons, ces hommes de génie,
Poëtes avant tout, à nous par l'harmonie;
En vain, comme vos dieux, les invoqueriez-vous;
Profanes, loin d'ici! ces gloires sont à nous.!
Qu'on vous prenne un par un, s'il le faut tous ensemble,
Même les plus huppés, aucun ne leur ressemble.
Nous savons respecter l'éminent écrivain,
Le savant prosateur qui n'écrit point en vain,
Quand il instruit, soit même avec goût s'il amuse...
Et pour la noble prose il est plus d'une muse[1]!
Mais où sont vos vrais dieux, leur culte, leurs autels?
Perdus parmi la foule, inconnus aux mortels,
Dans leur obscurité pensant être célèbres,
Vos dieux sont condamnés à jamais aux ténèbres!
Style, il est vrai, facile, hélas! mais sans hauteur;

[1] Clio, Uranie, Thalie pour l'une et l'autre.
Pour la poésie, Calliope, Polymnie, Melpomène, Thalie, Erato, Euterpe.

Sol riche en mauvaise herbe, et fécond sans valeur ;
De l'esprit, et beaucoup !... à vous porter aux nues...
Bon ou mauvais on sait que l'esprit court les rues...
Ce n'est point là l'esprit de nos auteurs courtois,
Ni l'atticisme pur de notre esprit gaulois,
Ce gai savoir enfin que la Province encore,
Conserve, avec sa foi, dans les fêtes d'Isaure.
Là, le front rayonnant, sur un trône de fleurs,
Règne la Poésie, au milieu des honneurs [1].
Vous ne détruirez point le pouvoir de ses charmes ;
Il faut, pour la tuer, de plus puissantes armes :
Des palmes ! de la gloire ! et de nobles succès !
Non de fades romans et de vains quolibets.
Mais nous ne voulons pas vous imposer silence ;
Allez donc, écrivez, même avec abondance ;
A la vapeur marchez, écrivez et toujours
Contentez vos lecteurs, très-nombreux de nos jours ;
Vous avez une classe, il faut la satisfaire,
La repaître n'est pas une petite affaire !
Le poète est sans fiel. Pourquoi le décrier,
Quand il puise avec vous dans le même encrier ?
Peut-il vous faire tort ? En quoi peut-il vous nuire ?

[1] Au dernier concours des jeux Floraux (mai 1865), 900 concurrents se sont présentés, et plus de 800 pieces de vers ont été envoyées en Odes, Épîtres, Élégies, Sonnets, Ballades, etc. !

A moins qu'il ne se venge avec une satire.
A tracer son sillon, pendant qu'il est en train,
Pourquoi le harceler jusque sur son terrain?
Et sans aucun motif le provoquer quand même?
C'est donc un parti pris et chez vous un système?
La critique, un beau jour, met en vos mains un fouet;
Pour le faire claquer il vous faut un jouet,
Et de la Poésie on rêve la ruine.
Sur les vers vous voulez que la prose domine.
Quelle prose? eh bien, soit! quel est votre patron?
Et quel dieu mettrez-vous en place d'Apollon?
Voulez-vous qu'en tous lieux on sème vos préceptes,
Ayez un guide sûr pour former des adeptes,
Et d'un art prosaïque, avec un certain choix,
Dans quatre chants, en prose, établissez les lois.
Formons de vos écrits une bibliothèque
Instructive, admirable en valeur intrinsèque,
Où viendra s'éclairer l'esprit de nos neveux,
Brûlant de consulter ce dépôt précieux!
Aux muses ajoutez une muse nouvelle,
Qui soit, de notre époque, une image fidèle;
La Muse des canards, faits divers et cancans,
Muse des contes bleus pour les bonnes d'enfants[1];

[1] La Muse des fariboles.

Des géants fabuleux vous avez la stature.
Allez, représentants de la Littérature,
De vos torrents d'écrits inonder l'univers ;
En limpides ruisseaux laissez couler nos vers.
Il fallait, à la fin, tirer une vengeance
Et de votre dédain et de votre arrogance,
Et vous montrer aussi le sentier dangereux
Où peut nous entraîner un zèle trop fougueux.
Nous ne prétendons pas monter à l'abordage
Pour savoir qui des deux doit avoir l'avantage,
Nous connaissons le sort que vous nous réservez :
Éreinter qui déplaît ! A votre aise écrivez ;
Mais plutôt soyez grands, et quand le Ciel pardonne,
En bon princes régnez et n'éreintez personne ;
Croyez bien qu'éreinter est de fort mauvais ton,
En chevalier courtois il faut parler raison.
Oh ! soyez généreux ! nous demandons en grâce,
A votre grand soleil une petite place ;
Écoutez les penchants que Nature vous fit ;
Écrivez tant et plus et tirez-en profit.
Mais quant à nous juger, laissez faire l'histoire
Et laissez-nous au moins travailler pour la gloire !

Les Européennes

LE CONGRÈS

AUX SOUVERAINS DE L'EUROPE

Oui, la guerre, en Europe, est la guerre civile... [1]
Peuples, n'êtes-vous pas tous de la même ville?
Rapprochés par le fer en forme de chemin,
Ne vous donnez-vous pas, par sentiment, la main?
Peuples, tout vous unit : Arts, Commerce, Industrie...
C'est le même soleil, c'est la même patrie,
C'est la même famille; habitants d'autres lieux,
Sur vos têtes, partout, ce sont les mêmes cieux;
Vous n'avez qu'un seul Dieu qu'implorent vos prières;
Par des liens sacrés, Peuples, vous êtes frères!

[1] Parole de l'Empereur Napoléon Ier.

Celui qui, par la force, au joug vous tient soumis,
Certes, est le plus grand de tous vos ennemis.
Tombés en son pouvoir, vous êtes sa conquête;
Réduits en esclavage, en barbare il vous traite.
Il vous charge de fers, vous impose ses lois,
Vous accable d'impôts et foule aux pieds vos droits.
Il vous donne un drapeau de couleur étrangère;
Votre foi n'est pour lui qu'une vaine chimère;
Rien, pour lui, n'est sacré: Promesses, Liberté,
Gloire, Patrie, Honneur, Nationalité!
Le sol est envahi par un infâme traître;
Cruel, de sang avide, il y commande en maître.
Tout est anéanti! Par le sabre abattu,
Chassé sous d'autres cieux, un peuple a disparu!

Loin de vous l'étranger, Peuples que l'on outrage!
Loin ces annexions, fruits d'un lâche partage!
Loin ces empiétements, sans un commun accord,
Ces usurpations par le droit du plus fort!

Peuples incorporés, qu'en sa rage inhumaine
Un vainqueur à son char injustement enchaîne,
Ah! faites éclater votre indignation
Contre un crime inouï de lèse-nation.

Princes, qu'en vos désirs l'ambition excite,
Et qui trouvez pour vous la terre trop petite,
Respect aux nations, qu'on distingue à la fois
Par leur langue, leur mœurs, leur cocarde et leurs lois!

Vous qui, par un traité devenu ridicule,
Que chacun, à son gré, viole sans scrupule,
N'avez su recueillir qu'humiliation,
Resterez-vous toujours dans cette abjection?
Rien ne parle à vos cœurs! quoi! tout en vous sommeille!

Rois, Peuples, écoutez la voix qui vous conseille!
Cette voix, que l'écho redit de tous côtés,
En répétant ces mots: « Nationalités!
» Chacun chez soi! Pour tous amitié fraternelle!
» Conciliation et Paix universelle!
» Liberté! Liberté!... Pour vous, en ce moment,
» Peuples! l'heure a sonné de l'affranchissement!»

Ce sont là les bienfaits que de vous on réclame,
Souverains tout-puissants! tel en est le programme.

Vous êtes conviés à former un Congrès,
Dont le sublime but, pour l'Europe, est la Paix.
Par le Ciel inspiré, grand conseil de famille,
Pour le salut de tous que la sagesse y brille!

Là chacun doit montrer un esprit dégagé
D'intérêts personnels et de tout préjugé ;
Là doivent se traiter, sans recourir aux armes,
Les grandes questions, cause de tant d'alarmes.
Auguste tribunal, non d'inquisition,
Mais dont le mot sera : Conciliation !
Où le plus saint respect entourera l'arbitre ;
Où la vérité seule aura voix au chapitre ;
Où tout conflit douteux viendra se dénouer,
Le juste triompher et l'injuste échouer.
Heureux jour ! puisse-t-il dissiper les nuages,
Qui portent dans leurs flancs la foudre et les orages !

Bravant certains refus de lui tendre la main,
Le Congrès triomphant poursuivra son chemin,
Tôt ou tard ; Dieu le veut ! car l'idée en est grande ;
La raison, le progrès, l'honneur, tout le commande.

Le lion muselé peut rompre un jour ses fers.
O Rois ! que vos regrets ne soient pas trop amers !
Quand, pour soumettre tout à votre obéissance,
Vous formez entre vous une Sainte-Alliance,
Des Peuples opprimés vous repoussez les droits,
Et de l'humanité vous étouffez la voix.
Craignez que, pour punir ceux qui les humilient,

Tous les Peuples entre eux, à leur tour ne s'allient!
Oui, l'insurrection contre tous les pouvoirs
Devient, au nom de Dieu, le plus saint des devoirs.
La Pologne s'insurge, à quels yeux est-ce un crime?
Qui peut la condamner dans son effort sublime?

Anglais, la question, sois-en bien convaincu,
Vaut plus d'un riffleman et vaut plus d'un écu.
L'ennemi, contre nous et contre toi conspire;
Au sceptre universel, tu le sais, il aspire!
Et ton pouvoir, dans l'Inde, est à moitié tombé;
Des portes d'Albion les clés sont à Bombay;
Et les clés de Berlin, comme les clés de Vienne,
Sont près de la Vistule, aux bords du Borysthène.

D'un ennemi craignez les piéges séduisants;
Prusse, Autriche, craignez le Russe et ses présents.
L'un et l'autre trompés, pour un lambeau de terre
Vous vous dévorerez, tôt ou tard, par la guerre [1].
Et, comme les Chinois vous déchirant le sein,
Tous les deux expirants, l'Occident, sur le Rhin,
Voit sa dernière porte aux Cosaques ouverte.

[1] *Voir* le Testament politique de Pierre le Grand, ses projets sur la France et l'Autriche; la Prusse existait à peine comme royaume.

L'Europe est, à cette heure, à deux doigts de sa perte ;
Et sa perte dépend, en ce pressant péril,
D'un seul coup de canon, d'un seul coup de fusil.

Mais lorsque l'Occident en sursaut se réveille
Et s'agite, sur nous la Providence veille!
Il est pour nous encore un moyen de salut :
Accueillez le Congrès, secondez-en le but,
Souverains ! à la Paix il faut des sacrifices ;
Les expiations rendent les Cieux propices.
Dans un danger craignez de vous aventurer,
Il est grand, et vous seuls pouvez le conjurer.

Le murmure des flots annonce la tempête !
Déjà, de tous côtés, la vengeance s'apprête.
Tous les Peuples, comptant sur un appui moral,
Pour s'armer contre vous n'attendent qu'un signal.
O Rois ! n'attendez pas qu'en leurs efforts suprêmes,
A se faire justice ils ne viennent eux-mêmes !
Qui sait, en mesurant le mal dans sa grandeur,
Qui sait, grand Dieu ! jusqu'où peut aller leur fureur !
Peut-être qu'à vos yeux se fera la lumière ;
Vous verrez votre erreur, mais à l'heure dernière !
A cette heure une voix, pareille au glas des morts,
S'écrira : C'est trop tard ! expiez vos remords !

Plus d'un peuple a donné cette leçon terrible ;
A des plaintes montrez un cœur plus accessible.
Il peut en coûter cher à ne pas écouter
Une voix formidable et qu'on doit redouter !

Soit le régime donc divin et populaire !
Il en est temps encor ; que le Ciel vous éclaire !
L'Empereur vous l'a dit : prenez garde à vous, Rois !
Écoutez, écoutez sa prophétique voix.
Que ses sages conseils soient pour vous une règle :
Il a vu tout le mal avec son coup d'œil d'aigle.
Les peuples n'ont qu'un cri : Nationalité !
Tout le monde, en Europe, a soif de Liberté !

AUX PUISSANCES OCCIDENTALES

SUIVI

Du TESTAMENT POLITIQUE du Czar Pierre-le-Grand.

A la face du ciel, le Russe, avec constance,
Du Czar Pierre-le-Grand poursuit le but immense:
« C'est au Nord qu'appartient l'empire d'Orient...
» Le Nord doit à ses lois soumettre l'Occident,
» Le Ciel ainsi le veut... Tout Russe doit y croire,
» Comme article de foi... c'est écrit dans l'histoire.
» Les peuples décrépits, faibles et vils troupeaux,
» Descendent lentement dans la nuit des tombeaux;
» Comme les vieux Romains, ils sont en décadence
» Et courent se ranger sous notre dépendance;
» Ce qu'on appelle en eux civilisation
» Sous des dehors trompeurs n'est que corruption...

» Un peuple plein de sève et comptant peu d'années[1],
» Doit voir, pour lui, s'ouvrir de hautes destinées ;
» Dans toute sa vigueur, à la voix de ses Czars,
» Ce peuple, tout de feu, doit braver les hasards,
» Avec témérité vaincre tous les obstacles,
» Et jeune, en son élan, enfanter des miracles.
» Sachons apprécier tous les peuples divers...
» A nous tout l'avantage ! à nous donc l'univers ! »

Le Russe ainsi se fait une part assez ronde ;
Mon Dieu ! ce n'est rien moins que le trône du Monde !
Comme ont rêvé jadis Alexandre et César,
De même peut rêver un magnanime Czar.
Et pour réaliser une telle conquête,
Son fameux Testament nous donne la recette.

Pour atteindre son but, à ses neveux futurs
Il y trace, à grands traits, les moyens les plus sûrs :
Gigantesques projets, politique infernale,
Qu'en ténébreux complots rien jusqu'ici n'égale :
Dans cet insigne écrit, insolemment conçu,
Il déroule à nos yeux le plus impur tissu
D'audace, de détours, de machiavélisme,
De noires trahisons, d'orgueil et de cynisme,

[1] La Russie, comme puissance européenne, n'a commencé à être connue que vers la fin du XVIIe siècle.

Qui font des Czars régnants et la règle et la loi,
Et rappellent des Grecs l'insidieuse foi !

Vous connaissez assez cette Cour moscovite;
Sur elle désormais réglant votre conduite,
Puissances d'Occident, veillez ! ouvrez les yeux,
Et surtout redoutez ses discours captieux;
Les serments solennels, cimentés de caresses,
Ne sont que vains propos et trompeuses promesses;
Hypocrite, elle sait effrontément mentir
Pour vous *enguirlander* et mieux vous endormir.

A de terribles maux vous cherchez un remède;
Pensez-vous que jamais à vos vœux elle cède?
A baisser pavillon son orgueil n'est pas prêt;
Elle ne fera pas ce qu'elle n'a pas fait.
Vous vous flattez en vain, elle ne peut le faire
Sans voir s'évanouir son pouvoir éphémère.
Oui, sous le même sceptre, à différentes lois
Ne peuvent obéir deux peuples à la fois.
Si l'un vit et se traîne à l'état de servage,
L'autre doit à son tour subir même esclavage.
Chez le Russe, en tout temps, l'Autocrate partout...
Et le Tartare seul y règne avec le knout.

Vous n'affranchirez point la Pologne écrasée !
De Nessus, à son corps, la chemise embrasée
S'attache et la consume ; en poursuivant son cours,
Le feu brûle, s'étend, et dévore toujours.
Sans armes, sans secours, il faut qu'elle succombe,
Et qu'elle s'engloutisse entière dans la tombe !
Vous la voyez voler au-devant du trépas !
Oui, la Pologne meurt, elle ne se rend pas.
Mais à ses ennemis, dans sa lutte inégale,
Jusqu'au dernier soupir sa faux sera fatale.
Qui pourrait arrêter ses enfants valeureux ?
Quels que soient les périls, ils ne sont rien pour eux.
Les supplices divers, la mort et ses tortures
Ne sauraient ébranler ces puissantes natures ;
On les traque, on les tue !.. on les pend par troupeaux !
Mourants, on les fusille !.. on les hache en morceaux !
Femmes, enfants, vieillards, noble, paysan, prêtre,
Par le feu sont rôtis !.. pour les manger peut-être[1] !

De leur sang répandu, vous verrez le Mongol,
Le Cosaque engraisser un misérable sol ;

[1] Voir les journaux officiels de Saint-Pétersbourg, du mois de juin 1863. On s'y délecte du sang versé. Lisez tous les jours les exploits de Mourawieff, l'ogre de la Lithuanie.

Vous verrez, accourant aux bords de la Vistule,
De la Thrace d'Asie, un fils de quelque Hérule,
A nos portes s'asseoir et former un État...
Vous ne souffrirez point un pareil attentat[1].

Dans l'Occident, ouvert par votre politique,
Iriez-vous appeler la race asiatique?
Gardez-vous d'une faute, où l'avenir douteux
Se verrait englouti dans un abîme affreux.
Alors de l'Occident commencerait l'empire;
Cette faute accomplie aux Czars seuls peut sourire...

Mais vers d'autres climats dirigeons nos regards.
Vingt fois Byzance a vu menacer ses remparts[2].
Pour briser le croissant et tuer le *malade*,
L'Autocrate entreprit sa dernière croisade[3];
Vaincu, mais dans sa force encore confiant,
Il convoite, en secret, le sceptre d'Orient,
Le dévore des yeux, le croit en sa puissance
Et rêve, au fond du cœur, Catherine et Byzance.

1 Voir dans le Testament, art. XIV, la pensée du Czar à faire servir à ses desseins les hordes asiatiques.

2 Depuis l'an 870 jusqu'en 1853, soit contre les Latins, soit contre les Turcs, la Russie a tenté *vingt fois* de s'emparer de Constantinople pour y rétablir le siége de l'Empire d'Orient.

3 La Campagne de Crimée.

Dans son enivrement, d'un fol orgueil épris,
Il plante des poteaux de Byzance à Paris [1].

A Paris, c'est partout. Mais cette Providence,
Que le Czar Pierre invoque, avec tant d'assurance,
Qu'il fait complaisamment intervenir du Ciel,
Pour conférer aux Czars l'empire universel [2],
L'arrête, l'œil sévère où se peint la menace,
Et lui demande enfin compte de tant d'audace.
« Qu'as-tu fait, Autocrate, au mépris des traités?
» Parle. Tu t'es souillé d'horribles cruautés.
» Aux serments les plus saints sans pudeur infidèle,
» Dans l'art seul de tromper ton âme se décèle;
» Ton sourire est un piége, et quand tu tends la main
» C'est pour mieux déguiser un odieux dessein.
» D'un peuple entends la voix qui contre toi s'élève;
» A ses plus justes vœux tu réponds par le glaive.
» Au désespoir poussé par d'arbitraires lois,
» Il se soulève en masse et combat pour ses droits [3].
» Il les a tous perdus, plongé dans l'esclavage,

[1] Voir le Testament, art. XIII et XIV.

[2] Voir le Testament à son préambule.

[3] Le royaume de Pologne n'existe plus; il est effacé de la carte, son appellation est une dérision. On a tout enlevé aux Polonais, pour les Russifier: langue, drapeau, tout ce qui fait la nationalité.

» Depuis le jour fatal d'un infâme partage....
» Que tout rentre dans l'ordre à ma voix aujourd'hui ;
» Czar insensé ! le jour de la justice a lui.
» C'est ainsi que je perds et frappe de démence
» Les rois qui sont voués aux coups de ma vengeance !
» Arrière donc, ô Czar ! et de tous sois honni !
» De ta férocité tu dois être puni[1]. »

Vous l'avez entendu ! c'est Dieu qui se révèle !
C'est à vous de punir, sans retard, ce rebelle,
Puissances d'Occident ! Il faut un châtiment !
De vous oserait-il se rire impunément ?
Frappez... il en est temps ; frappez, c'est trop attendre ;
Le traître vous épie, il cherche à vous surprendre[2].
Il fera tout servir à son ambition....
Quel moyen plus puissant que la religion,
Non dans sa pureté mais dans son fanatisme ?
Son espoir le plus grand est dans le panslavisme[3].

[1] Sérieusement ou non, Lord J. Russell a dit à la chambre des Lords d'Angleterre, dans la séance du 5 mai 1863 : La Providence ne permettra pas qu'une telle oppression de la Pologne par la Russie continue sans être punie.

[2] Voir le Testament, art. XIV.

[3] La Russie cherche depuis longtemps, par une propagande des plus actives, à exercer une influence puissante sur la population chrétienne en Orient, qui constitue le Panslavisme.

Posez une barrière à cet ambitieux;
Qu'il cesse d'insulter les hommes et les cieux.
Attendrez-vous qu'un jour, colosse redoutable,
Grossi du panslavisme, il devienne indomptable,
Qu'il se dresse, d'un pied appuyé sur Sestos,
Et de l'autre foulant la terre d'Abydos!....[1]
Aux bords du Borysthène, et loin de la Vistule,
Désormais dressez-lui des colonnes d'Hercule.

Puissances d'Occident, unissez vos efforts
Sous le même drapeau! refoulez au dehors,
Chassez loin de l'Europe une horde barbare,
Digne de s'allier à la race Tartare;
Ou de ces Czars craignez les funestes complots,
Du monde à tout moment menaçant le repos.
L'Europe en est émue; un malaise la mine....
Il faut, il faut couper le mal dans sa racine.

La race slave étend ses ramifications en deçà et au-delà du Danube, depuis la mer Noire jusqu'à l'Adriatique.

Sa population s'élève à dix millions d'habitants, chrétiens de l'Église Grecque.

Voir le Testament, art. XII.

[1] Sestos et Abydos, villes situées sur le détroit des Dardanelles, vis-à-vis l'une de l'autre; Sestos en Europe, et Abydos en Asie. Hérissées de batteries, elles garantissent Constantinople d'une invasion par le Sud.

Sur vos cœurs généreux la Pologne a des droits;
Écoutez les accents de sa mourante voix.
Tous les jours elle échappe au joug du Moscovite.
Que, radieux et fier, l'Aigle blanc ressuscite!
Vivat Polonia! sortant de son tombeau!...[1]
Rendez-lui sa cocarde, avec son vieux drapeau!
Désormais, accablé sous le poids de ses crimes,
Le bourreau ne peut vivre auprès de ses victimes.
L'espoir aux Polonais ne fera plus défaut:
La France n'est plus loin, et Dieu n'est plus si haut!...
Tout conspire avec eux pour chasser des sauvages,
De leur sang altérés, aux mœurs anthropophages.

Vous démentiriez-vous? Votre indignation
Reculerait devant une intervention!
N'avez-vous pas naguère arrêté la furie
Des lâches assassins des chrétiens de Syrie?...
C'est encore à punir de semblables bourreaux,
De mêmes égorgeurs, chez des Druses nouveaux,
Honte du genre humain, aux instincts homicides,
Peut-être plus cruels et de sang plus avides.

[1] Après la bataille de Choczim (4 octobre 1794), Kosciusko s'écria: *finis Poloniæ*! Puisse-t-il entendre du fond de sa tombe: *vivat Polonia!*

Si de l'humanité vous étouffez la voix,
La justice à vos yeux aurait-elle deux poids?
Puissances d'Occident! par une loi contraire,
Quand là vous combattiez, ici vous laissez faire.

Entre vous désormais plus de rivalité;...
Ensemble répétez : Nationalité!
Qu'une intime union soit votre sauvegarde;
Maison d'Hapsbourg, Autriche, à toi de prendre garde[1]!
Comprends tes intérêts; ne te contente pas,
Dans ton aveuglement, de n'avoir fait qu'un pas.
Ton salut est en jeu; songe à cette alliance
Du Prussien et du Russe, et crains une vengeance.
Si tu n'es pas pour nous, parle, es-tu pour le Czar?...
Autriche, il faut opter: ou Pompée ou César!...
Et la neutralité qui s'observe et s'efface,
N'est entre deux partis qu'un masque à double face.

Peuple Anglais! toi si grand, quelquefois bien petit,
Taquin et peu courtois dans un jaloux dépit,
En nous piquant au vif dans ton *Punch* qui nous cingle[2],
Cesse enfin contre nous ta guerre à coups d'épingle.

[1] Voir le Testament, art. XI.

[2] Le *Punch*, journal illustré, très-satirique, fort répandu en Angleterre.

Le moment est suprême ! il veut de l'action,
A chacun de remplir sa noble mission !
Que l'union cimente une entente profonde ;
Notre désunion serait funeste au monde.
Le péril qui s'aggrave est pour tous imminent ;
Il menace à la fois tout notre continent[1].
Eh quoi ! de Mahomet quand tu défends la cause,
Quand il n'est rien pour lui que ton dévoûment n'ose,
Tu ne ferais pas don au grand Kosciusko
D'un homme, d'un écu, d'un yard de calicot[2] !
Aux mains de son vainqueur tu laisserais Byzance,
Et la Pologne enfin mourrait sans assistance !
D'un échec c'est à toi de venger ton honneur.
Tu parais hésiter !... Cronstadt te ferait peur !...

Suis donc résolûment cet élan sympathique
Qui, dans le monde entier, en vœux ardents s'explique ;
Chacun sent que la cause est sainte en sa grandeur,
Et que la barbarie est partout en horreur.

Non, la diplomatie, et lente et débonnaire,
Ne fera rien. La paix doit sortir de la guerre.
Guerre donc à ces Huns, de carnage couverts,
Et qu'ils soient refoulés dans leurs steppes déserts.

[1] Voir le Testament, art. XIV.
[2] Le yard anglais vaut à peu près le mètre français.

De l'Attila du Nord, que la Prusse seconde,
Puissances d'Occident, ah ! délivrez le Monde !

Testament politique de Pierre-le-Grand.

Au nom de la Très-Sainte et indivisible Trinité, nous PIERRE Ier, etc., à tous nos descendants et successeurs au trône et gouvernement de la nation russe.

Le grand Dieu, de qui nous tenons notre existence et notre couronne, nous ayant constamment éclairé de ses lumières et soutenu de son divin appui, me permet de regarder le peuple russe appelé, dans l'avenir, à la domination générale de l'Europe. Je fonde cette pensée sur ce que les nations européennes sont arrivées, pour la plupart, à un état de vieillesse voisin de la caducité, ou qu'elles y marchent à grands pas ; il s'ensuit donc qu'elles doivent être facilement et indubitablement conquises par un peuple jeune et neuf, quand ce dernier aura atteint toute sa force et toute sa croissance. Je regarde l'invasion future des pays d'Occident et de l'Orient par le Nord, comme un mouvement périodique arrêté dans les desseins de la Providence, qui a ainsi régénéré le peuple romain par l'invasion des barbares. Ces émigrations des hommes polaires sont comme le flux du Nil qui, à certaines époques, vient engraisser de son limon les terres amaigries de l'Égypte. J'ai trouvé la Russie *rivière*, je la laisse *fleuve* ; mes successeurs en feront une grande *mer* destinée à fertiliser l'Europe appauvrie, et ses flots déborderont malgré toutes les digues que des mains affaiblies pourront leur opposer, si mes descendants savent en diriger le cours. C'est pourquoi je leur laisse les enseignements suivants ; je les recommande à leur attention et à leur observation constante :

I. Entretenir la nation russe dans un état de guerre continuelle, pour tenir le soldat aguerri et toujours en haleine ; ne le laisser reposer que pour améliorer les finances de l'État, refaire les armées ; choisir les moments opportuns pour l'attaque. Faire servir enfin la paix à la guerre, et la guerre à la paix, dans l'intérêt de l'agrandissement et de la prospérité croissante de la Russie.

II. Appeler par tous les moyens possibles, de chez les peuples instruits de l'Europe, des capitaines pendant la guerre et des savants pendant la paix, pour faire profiter la nation russe des avantages des autres pays, sans lui faire rien perdre des siens propres.

III. Prendre part en toute occasion aux affaires et démêlés quelconques de l'Europe, et surtout à ceux de l'Allemagne, qui, plus rapprochée, intéresse plus directement.

IV. Diviser la Pologne en y entretenant le trouble et des jalousies continuelles ; gagner les puissants à prix d'or ; influencer les Diètes, les corrompre, afin d'avoir action sur les élections des rois ; y faire nommer ses partisans, les protéger ; y faire entrer les troupes moscovites, et y séjourner jusqu'à l'occasion d'y demeurer tout à fait. Si les puissances voisines opposent des difficultés, les apaiser momentanément en morcelant le pays, jusqu'à ce qu'on puisse reprendre ce qui aura été donné.

V. Prendre le plus qu'on pourra de la Suède, et savoir se faire attaquer par elle, pour avoir prétexte de la subjuguer. Pour cela, l'isoler du Danemark, et le Danemark de la Suède, et entretenir avec soin leurs rivalités.

VI. Prendre toujours les épouses des princes russes parmi les princesses d'Allemagne, pour multiplier les alliances de famille, rapprocher les intérêts, et unir d'elle-même l'Allemagne à notre cause, en y multipliant notre influence.

VII. Rechercher de préférence l'alliance de l'Angleterre pour le commerce, comme étant la puissance qui a le plus besoin de nous pour sa marine, et qui peut être la plus utile au développement de la nôtre. Échanger nos bois et autres productions contre son or, et établir entre ses marchands, ses matelots et les nôtres, des rapports continuels qui formeront ceux de ce pays à la navigation et au commerce.

VIII. S'étendre sans relâche vers le Nord, le long de la Baltique, ainsi que vers le Sud, le long de la mer Noire.

IX. Approcher le plus possible de Constantinople et des Indes. Celui qui y régnera sera le vrai souverain du monde. En conséquence, susciter des guerres continuelles, tantôt au Turc, tantôt à la Perse; établir des chantiers sur la mer Noire, s'emparer peu à peu de cette mer, ainsi que de la Baltique, ce qui est un double point nécessaire à la réussite du projet; hâter la décadence de la Perse; pénétrer jusqu'au golfe Persique; rétablir, si c'est possible, par la Syrie, l'ancien commerce du Levant, et avancer jusqu'aux Indes, qui sont l'entrepôt du monde. Une fois là, on pourra se passer de l'or de l'Angleterre.

X. Rechercher et entretenir avec soin l'alliance de l'Autriche;

appuyer en apparence ses idées de royauté future sur l'Allemagne, et exciter contre elle, par-dessous main, la jalousie des princes. Tâcher de faire réclamer des secours de la Russie par les uns ou par les autres, et exercer sur le pays une espèce de protection qui prépare la domination future.

XI. Intéresser la maison d'Autriche à chasser le Turc de l'Europe, et neutraliser ses jalousies lors de la conquête de Constantinople, soit en lui suscitant une guerre avec les anciens États de l'Europe, soit en lui donnant une portion de la conquête, qu'on lui reprendra plus tard.

XII. S'attacher à réunir autour de soi tous les Grecs désunis (schismatiques) qui sont répandus, soit dans la Hongrie, soit dans la Turquie, soit dans le midi de la Pologne ; se faire leur centre, leur appui, et établir d'avance une prédominance universelle, par une sorte d'autocratie ou de suprématie sacerdotale : ce seront autant d'amis qu'on aura chez chacun de ses ennemis.

XIII. La Suède démembrée, la Perse vaincue, la Pologne subjuguée, la Turquie conquise, nos armées réunies, la mer Noire et la mer Baltique gardées par nos vaisseaux, il faut d'abord proposer séparément et très-secrètement, d'abord à la cour de Versailles, puis à celle de Vienne, de partager avec elle l'empire de l'univers. Si l'une des deux accepte, ce qui est immanquable, en flattant leur ambition et leur amour-propre, se servir d'elle pour écraser l'autre; puis écraser à son tour celle qui demeurera, en engageant avec elle une lutte qui ne saurait être douteuse, la Russie possédant déjà en propre tout l'Orient et une grande partie de l'Europe.

XIV. Si, ce qui n'est point probable, chacune d'elles refusait l'offre de la Russie, il faudrait savoir leur susciter des querelles et les faire s'épuiser l'une par l'autre. Alors, profitant d'un moment décisif, la Russie ferait fondre ses troupes rassemblées d'avance sur l'Allemagne, en même temps que deux flottes considérables partiraient, l'une de la mer d'Azof, et l'autre du port d'Arkhangel, chargées de hordes asiatiques, sous le convoi des flottes armées de la mer Noire et de la mer Baltique. S'avançant par la Méditerranée et par l'Océan, elles inonderaient la France d'un côté, tandis que l'Allemagne le serait de l'autre ; et, ces deux contrées vaincues, le reste de l'Europe passerait facilement et sans coup férir sous le joug.

Ainsi peut et doit être subjuguée l'Europe !

Ce testament politique fut esquissé par Pierre Ier en 1710, après la bataille de Pultava, retouché par lui en 1722, après la paix de Nystadt, et formulé définitivement en 1730 par le chancelier Ostermann. Il fut connu de Louis XV et de ses ministres, dès l'année 1757. Nous en reproduisons le texte entier et exact, tel qu'il se trouve dans l'*Histoire de Pologne*, publiée à Paris en 1839, par Léonard CHODZKO.

LES NATIONALITÉS

AUX PEUPLES

Vous n'avez point encor votre terre promise,
Peuples, vous qui n'avez ni droits, ni liberté!
Vous jusqu'ici privés de la première assise
Où devrait reposer toute Société.

Il est un nouveau mot, annonçant des tempêtes,
Qui des anciens griefs vient grossir l'arsenal :
L'accepter, il promet de paisibles conquêtes;
Mais un refus, ô Rois! peut devenir fatal.

Nationalité! Souverains, prenez garde!
Ce mot seul peut un jour tout mettre en question;
Rendez à qui de droit son drapeau, sa cocarde....
On ne peut étouffer toute une nation!

Nationalité! terrible cri de guerre
D'un peuple au désespoir, de ses droits dépouillé,
Qui, sous le joug courbé, peuple libre naguère,
Par un brutal vainqueur voit son drapeau souillé!

Il n'a plus de drapeau! sa couleur est flétrie!
L'étranger lui ravit ce qu'il a de plus cher.
Dans ses propres foyers il cherche sa patrie,
Sur son front abattu pèse un sceptre de fer!

S'il ose murmurer, on crie à l'insolence :
A sa plainte importune on répond par le fouet;
C'est ainsi qu'à sa voix on impose silence....
Vil esclave, tais-toi... meurs ou reste muet.

Voué par ses tyrans au plus cruel martyre,
De stigmates honteux marqué par un bourreau,
Et, comme serf, soumis aux lois d'un autre empire,
Il se voit divisé par lots, comme un troupeau.

Vous tournez vos regards, Peuples, vers cette France
Au cœur droit, généreux, sympathique aux vaincus,
Et qui sait noblement, pour votre délivrance,
Prodiguer ses soldats et donner ses écus.

Vous l'avez vue à l'œuvre, en son élan hardie,
Terrible, elle avançait: tout cédait à ses coups,

Près d'atteindre à son but, vous l'avez applaudie...
Peuples, maudissez tous un ennemi jaloux.

Venise, sur les mers, toi, jadis sans rivale,
Le crêpe de tes mâts nous annonce ton deuil!
Le lion de Saint-Marc, sous l'aigle impériale,
Semble, morne et confus, veiller sur un cercueil.

Ta lagune est sans joie, et le soir la gondole
A cessé de donner le signal des concerts;
Vers le Pont des soupirs tristement elle vole,
Et le silence règne aux rivages déserts!...

Il est d'autres martyrs nourrissant d'autres haines:
Nobles fils d'Huniade, ô dignes Madgyars,
Le moment approchait de secouer vos chaînes,
Et d'un joug odieux d'affranchir vos remparts!

Votre oppresseur déjà connait votre vaillance,
Il sait tout ce que vaut et pèse votre bras;
Et si du Czar il n'eût imploré l'alliance,
La victoire, sans doute, eût marché sur vos pas.

Serbes, Roumains, Chrétiens (quoi! des chrétiens esclaves,
Dans d'ignobles liens encore croupissant!),
On vous tendait les mains, et bientôt, peuples Slaves,
Vous fouliez à vos pieds le stupide Croissant!

Et vous Grecs, séparés de la mère-patrie,
Qu'un corsaire a parqués dans un groupe d'îlots,
Contre un Protectorat des temps de barbarie,
Déjà de Canaris vous armez les brûlots!

France, à toi de parler: l'honneur te le commande;
Quand tu vois aux traités tout le respect qu'on doit,
Eh bien donc! si le Rhin a sa rive allemande,
L'autre rive est française:.. ou l'épée ou ton droit.

Si sur vous pèse encore une main ennemie
Quand vous avez perdu, sous ses funestes coups,
Votre drapeau si cher et votre autonomie...
Contre vos oppresseurs, Peuples, soulevez-vous!

Toutes les Nations ont leurs lois naturelles,
Ainsi que la famille et la Société;
Et témérairement porter les mains sur elles,
C'est être criminel envers l'humanité.

En mutilant un corps on change sa nature;
Tel dans ses éléments est le corps social:
Qu'on y touche, aussitôt il sent une blessure
Qui saisit vivement l'esprit national.

Il ne pardonne point à la main qui l'outrage,
Et qui de son pays vient envahir le sol.

Un visage étranger exaspère sa rage,
Et d'un usurpateur lui rappelle le vol.

Toi qui prends en tous lieux, sans crainte, un pied à terre,
Qui sembles de tes bras étreindre l'univers,
Et qui, dans ton orgueil, insolente Angleterre,
Prétends qu'à ta voix seule obéissent les mers;

Toi qui veux tout soumettre aux lois de ton royaume,
Par ton or, ou par ruse ou par tes bataillons,
Parle ; que dirais-tu si, d'un nouveau Guillaume,
Tu voyais sur tes bords flotter les pavillons ?

Tu souris... Waterloo ! ne faussons pas l'histoire...
Non ! tu n'as pas tout fait... rabats d'un ton si fier...
Bruxelles te vit fuir ;.. quant à ta part de gloire,
Sache-le, la plus grande en revient à Blücher.

Fais parade un peu moins des plus belles maximes,
Pour maintenir les droits des nations ;
Commence par répondre à leurs vœux légitimes,
Et mérite un peu moins leurs malédictions.

Lâches usurpateurs qu'enivre la puissance,
Qui vous croyez peut-être aussi grands que César,
N'avez-vous pas un poids sur votre conscience,
Pendant votre sommeil pénible cauchemar ?

De quel droit, dites-nous, imposer votre charte
A des peuples conquis en mépris de leurs mœurs ?
Les absorber enfin, les rayer de la carte,
Et se les partager comme font les voleurs ?

De quel droit les forcer à trahir leurs ancêtres,
Pour leur faire adopter un langage odieux,
Pour suivre un nouveau rite, en remplaçant leurs prêtres,
Et blesser dans leur foi des cœurs religieux ?

De quel droit, abordant une rive étrangère,
Y mettre un pied, puis quatre, en amis de la paix ;
Et s'entourer bientôt d'un appareil de guerre,
Et, devenus plus forts, n'en déguerpir jamais [1] ?

Un lot doit-il t'échoir aux rives ottomanes,
Toi, qui, pour t'arrondir, convoites du terrain ;
A ton tiers de Pologne, aux provinces rhénanes,
Voudrais-tu sans pudeur réunir le Holstein ?

Vous l'avez proclamé, vous l'avez dit au monde :
Nationalités !.. chacun libre chez soi !...
Quel que soit l'étranger, pour lui haine profonde :
Un peuple est maître seul de se choisir un roi !

[1] Gibraltar, Malte, Perim, etc.

Nationalités !... seraient-elles détruites ?
Non. Des signes certains l'attestent en tous lieux ;
Pour elles des États Dieu créa les limites...
Qui peut les méconnaître ! elles frappent les yeux.

Ici ce sont des monts aux crêtes menaçantes,
Des déserts infinis, des glaciers, des volcans ;
Là des torrents fougueux aux ondes mugissantes,
Des fleuves, des forêts, de vastes Océans !..

Chez une Nation, ses fastes mémorables,
Dans les âmes gravés en signes éclatants ;
Sa Constitution, ses droits incontestables,
De pieux souvenirs consacrés par le temps !

Au cœur du citoyen, c'est sa chère Patrie,
C'est le toit paternel, son ciel pur ou brumeux ;
C'est son clocher qu'il aime avec idolâtrie,
C'est son antique foi qu'il tient de ses aïeux !

C'est son palladium, son drapeau qui le guide,
Avec ses franges d'or et ses vives couleurs ;
C'est sa cocarde aussi, sa merveilleuse égide
Qu'il montre avec orgueil encore à ses vainqueurs.

Comptez vous donc enfin, Peuples, dans vos provinces.
Du Congrès proposé vous savez les bienfaits ;..

Parlez d'un ton sévère et dites à vos Princes :
Régnez et gouvernez, mais nous voulons la paix !

Ou formez une ligue, et, dans votre vengeance,
Pour la plus sainte cause unissez vos drapeaux ;
Déchirez ces traités qu'une Sainte-Alliance
A mis, depuis longtemps, elle-même en lambeaux !

Forcément imposés par l'épée ennemie,
Tranchez ce qu'il en reste aujourd'hui par le fer ;
Chacun veut sa cocarde et son autonomie,
Et voit avec horreur la toque d'un Gesler !

Debout, Peuples ! brisez les chaînes qu'on vous forge !
Guerre, si vos tyrans vous refusent vos droits !
C'est trop longtemps souffrir ; faites-leur rendre gorge !
Dieu le veut ! Peuple et Dieu n'ont qu'une même voix !

ROIS ET PEUPLES

De droit ou par conquête, en montant sur le trône,
Les Rois ont-ils toujours rempli leur saint devoir ?
N'ont-ils jamais terni l'éclat de leur couronne ?
N'ont-ils pas trop souvent abusé du pouvoir ?

Ils ont osé se dire, en face du Ciel même,
Rois par le droit divin, mais ils en ont menti.
Dieu jamais sur leur front n'a mis le diadème.
Tant d'orgueil, par les faits, se trouve anéanti.

Dans les conseils des Rois est-ce Dieu qui décide ?
Pour éclairer leurs cœurs s'assied-il avec eux ?
Quand entr'eux ils se font une guerre homicide,
Est-ce Dieu qui leur souffle un conseil odieux ?

Rois puissants à qui Dieu, soi-disant sur la terre,
A confié le sort des peuples, vos sujets,

Leur sort, sous votre sceptre, a-t-il été prospère ?
Depuis tant de mille ans dites-nous vos hauts faits ?

Quels soins avez-vous pris pour le bonheur des hommes?
Quelle entente jamais s'est produite entre vous ?
Aux temps les plus anciens, comme au siècle où nous sommes,
Ont toujours triomphé les sentiments jaloux.

Les peuples enchaînés, jouets de vos caprices,
A vos lois n'ont jamais cessé d'être soumis;
Parlez, les avez-vous arrachés à leurs vices?
Une fois seulement vous l'êtes-vous promis?

Dans le livre des Rois que dit la Sainte Bible ?
Tous ses feuillets sont teints d'un sang livide et noir;
De Princes égorgés quel spectacle terrible !
Ce n'est qu'assassinats, carnage et désespoir!

Mais jetons un instant les yeux sur notre histoire :
Dans l'établissement des races de nos Rois,
Chaque jour apparaît, marqué d'une croix noire...
Le poignard, le poison étaient les seules lois.

Et les nobles Seigneurs, ces preux chevaleresques,
Vivant dans leurs châteaux, entourés de remparts,
Qu'étaient-ils ? les brigands des États barbaresques,
Voleurs de grands chemins, moins qu'eux étaient pillards.

Puis fleurit à plaisir le règne des maîtresses...
Un sopha sert de trône où vient s'asseoir la Cour;
Par le cotillon seul se font toutes largesses...
On voit tout se courber sous le joug de l'amour.

Est-ce là gouverner? est-ce digne d'envie?
Sans gloire, sans grandeur, vivre en roi fainéant!
Mener, comme au harem, voluptueuse vie,
Et pour le Ciel enfin rencontrer le néant!

Vous avez rabaissé l'homme en son origine;
Plongé dans un état de vile abjection,
Par vous il fut traité comme un bœuf qui rumine [1];
Serf, sous vous il rampait; brute, il s'est fait lion.

Vous n'avez rien compris à cette créature,
Vous n'avez rien compris à sa religion;
Vous n'avez rien compris à sa noble nature,
Vous n'avez rien compris à votre mission.

Il a brisé son joug, contre vous il se rue;
D'un maître il méconnaît la tyrannique main;
Oui, vous l'avez lancé vous-même dans la rue....
Il a fait contre vous acte de souverain.

[1] Sous le règne de la féodalité, le peuple serf partout était compté par têtes, comme bêtes de somme et à l'égal des animaux immondes. Cette coutume existe encore dans certaines parties de l'Europe.

Pour vous il cesse d'être un instrument docile,
Agissant en aveugle, à votre volonté;
Il n'est plus dans vos mains comme la molle argile,
Il a sur ses tyrans conquis sa liberté!

De vos séductions dédaignant les amorces,
Il ouvre enfin ses yeux fermés par le sommeil;
Il a le sentiment aujourd'hui de ses forces:
Il demande sa place avec vous au soleil.

Il veut!... Quoi! dites-vous, quelle étrange parole!
Sa volonté se fait sentir dans ses discours?
Quel souffle empoisonné d'une nouvelle école
De nos antiques lois vient arrêter le cours?

Le vaisseau de l'État allant à la dérive,
C'en est fait! court, poussé par la fureur des flots,
A travers mille écueils, sur une mer sans rive,
Et se brise et se perd avec ses matelots!

L'anarchie, à pleins bords, dans sa course indomptable,
Déjà coule en grondant et va tout envahir.....
Le Peuple est sans boussole... il est ingouvernable...
L'abîme est sous nos pieds prêt à tout engloutir.

Des Rois, dans leur orgueil, telle est la plainte amère
Quand l'émeute les a tout à coup réveillés.

Mais faut-il condamner le peuple en sa colère?
Les Rois ne sont-ils pas souvent mal conseillés?

Il faut un frein, dit-on, à ce peuple intraitable,
Pour pouvoir le dompter et le discipliner.
Si le peuple pour vous s'est fait si redoutable,
Arrêtez... apprenez à mieux le gouverner.

Vous fûtes ses tuteurs, mais tuteurs malhabiles.
Il a suivi vos pas, vos exemples mauvais...
O Rois! c'était à vous d'instruire vos pupilles...
Plaignez-vous! ils sont tels que vous les avez faits.

Vous avez corrompu sa noble intelligence...
Et vous avez flétri les vertus dans son cœur...
En le tenant captif dans votre dépendance,
Avez-vous bien rempli le but du Créateur?

Dieu le fit grand et fier; il l'est malgré sa chute!
Et de l'humilier vous vous fites un jeu...
En l'abaissant au rang de la sauvage brute,
Vous vous êtes montrés rebelles envers Dieu!

Vous avez à l'envi bouleversé son être...
De l'homme de l'Éden il n'a plus que le nom.
Dieu ne reconnait plus celui qu'il a fait naître
Son image! le Roi de la création.

L'homme, esclave par vous, n'a plus son libre arbitre ;
Humble, le front baissé, l'homme sans liberté,
Ou soumis à l'épée, ou rampant sous la mitre,
Retenu par le frein est un coursier dompté.

C'est l'étreinte par tout : la schlague, les garcettes,
C'est le knout, le bâton, les lettres de cachet!
Ou les auto-da-fé, le fouet, les oubliettes!
Et l'Inquisition avec son chevalet!

Dans un effort sublime il brise ses entraves...
Il était à genoux, il lève haut son front.
D'un geste impératif, il a dit: plus d'esclaves!..
Un jour il a dit: Rois, allez.... ; les Rois s'en vont.

Le peuple, en sa fureur, renverse vos statues...
Apprenez à régner, en respectant la loi...
Ou bien allez semer et soigner des laitues [1]:
Un parfait jardinier vaut mieux qu'un mauvais roi.

Mais revenez enfin de votre erreur profonde;
Le peuple n'est point tel qu'on le fait à vos yeux ;
Le peuple sait aimer, il respecte et seconde
Celui qui de son choix se montre glorieux.

[1] L'empereur Dioclétien, chassé du trône, se plaisait dans son exil à cultiver son jardin et à donner ses soins surtout aux laitues.

Le vit-on le premier jamais rompre la trêve ?
Le peuple ne fait pas les révolutions :
On les commence en haut, en bas on les achève ;
L'histoire dit qui fait les conspirations.

Un tas d'ambitieux, néologues stupides,
Démocrates sans foi, des Peuples faux amis,
Et meneurs pleins d'audace, en leurs discours perfides,
Des Peuples et des Rois tels sont les ennemis !

Parmi les Rois, un seul eut une heureuse idée,
Sublime, humanitaire, elle était pour la paix !
Cette idée en venant au monde est décédée !
Parmi les Rois, un seul accepta le Congrès [1].

Et maintenant des Rois, pour cette paix si chère,
Peuples, Peuples ! vous connaissez la pensée et le vœu :
Pour acheter la paix il en est, sans mystère,
Qui ne donneraient pas de leur tête un cheveu.

Le refus du Congrès, c'est l'appel aux tempêtes,
C'est le soulèvement continuel des flots ;
C'est la foudre grondant sans cesse sur nos têtes,
C'est au cœur des États le chancre des complots.

[1] Sans conditions. Le Roi de Portugal.

Rois insensés, craignez la colère céleste !
Entraînés malgré vous et rongés de remords,
Vous tournerez toujours dans ce cercle funeste :
Ou la guerre au dedans, ou la guerre au dehors !

L'Histoire un jour dira qu'une paix honorable
Fut proposée aux Rois ! mais, de complicité,
Les Rois ont répondu par un refus coupable...
Les Rois seront jugés par la postérité !

LA GUERRE

Bella tonant totumque quatit Discordia mundum.

« La Guerre ! a dit Satan... démons, sonnez la guerre !
» La guerre avec tous ses fléaux !... »
Et Satan a saisi sa lance meurtrière,
Et la Mort a brandi sa faux....

« Appelez la Discorde, aux fureurs éternelles,
» Dans les cœurs semant son venin...
» Des partis assoupis que les vieilles querelles
» Sur la terre éclatent sans frein !...

» La terre m'appartient... les mortels sont ma proie...
» Donnez l'essor aux passions...
» Dans le cœur des méchants faites naître la joie...
» Enflammez les ambitions !

» Mettez le feu, Démons, aux quatre coins du monde,
» Et soyez dignes de Baal ;
» Que la terre s'entr'ouvre et que tout se confonde
» Dans un tremblement infernal !... »

Quoi ! des dévastateurs, d'Attila, des barbares,
Mortels, vous invoquez le dieu !...
Laissez cette prière aux Scythes, aux Tartares,
Aux Guèbres adorant le feu.

Vous élevez vos mains vers le Dieu des armées !
Priez pour devenir meilleurs...
Dieu porte dans son sein ses légions armées,
Les Anges et les Bienfaiteurs...

Demandez que sur vous, sur vos moissons, Dieu veille ;
Qu'il vous arrache aux vils penchants ;
A des vœux inhumains il n'ouvre point l'oreille ;
Satan seul sourit aux méchants.

Ingrats blasphémateurs, l'éternelle Puissance
N'est pas l'idole de Baal ;
Et vous avez pour Dieu le dieu de la vengeance...
De la haine, le dieu du mal !

Celui qui vous bénit et qui bénit vos balles,
Celui que vous bardez de fer,

Et qui se plait au bruit des clairons, des cymbales,
C'est votre Dieu, le dieu d'enfer !

Mais vous méconnaissez, esprits opiniâtres,
Le Dieu d'Horeb et de Thabor ;
Vous confondez toujours, comme les idolâtres,
Avec Jéhova le Veau d'or !

Le vrai Dieu, par le Christ au milieu des Apôtres,
Dit : entr'aidez-vous, mes enfants ;
Il dit aussi qu'on doit s'aimer les uns les autres,
Pour vivre en paix, fuir les méchants.

Le vrai Dieu voit son front, au-dessus des nuées,
Rayonner du plus pur éclat ;
Pour les âmes sans foi, de vertus dénuées,
Le vrai Dieu jamais ne combat.

Le vrai Dieu ne sert point l'homme dans sa colère !
O Rois, l'un de l'autre jaloux !
Que lui demandez-vous ? Du sang pour vous complaire ?
Saints Pontifes, récusez-vous !....

Dans vos drames sanglants, à quel indigne rôle,
Par vous Dieu lui-même est soumis ?
Vous lui faites bénir, dans chaque métropole,
Les drapeaux des deux ennemis !

De la Religion, vous Prêtres les saints guides,
Vous priez Dieu pour les tyrans.....
Vous êtes contre Dieu, vos vœux sont homicides....
Et que veulent les conquérants?

Dans leur soif de régner, de commander aux hommes,
Sous prétexte de s'arrondir,
Comme on le vit jadis, dans le siècle où nous sommes
Les tyrans veulent s'agrandir.

De brûler, de piller, ils se font une gloire!
Au milieu des morts, des mourants,
Ils se trouvent heureux d'obtenir leur victoire
Quand le sang coule par torrents.

Non, point de *Te Deum* pour les anthropophages;
C'est sanctifier les forfaits.
Chantez des *Te Deum*, priez pour les rois sages,
Et pour les amis de la paix!

Ah! laissons sur son trône, entouré de ses anges,
Laissons ce Dieu plein de douceur
S'enivrer de l'amour de ses saintes phalanges,
Chantant le divin Créateur.

Laissons Dieu, contemplant ses œuvres admirables,
Dicter ses merveilleuses lois

Aux globes dans les cieux, aux mondes innombrables,
Qui tous se meuvent à sa voix.

Mais de l'impiété, fière de sa puissance,
Dieu saura briser les succès;
Et chacun tôt ou tard aura sa récompense...
Attendons ses justes arrêts.

Rappelons-nous David dans sa lutte inégale;
La victoire de Gédéon!
Jéricho s'écroulant sous la trompe fatale!
La défaite de Pharaon!

Mais qu'est-ce aux yeux de Dieu qu'un géant, un colosse
Que couvre une armure de fer?
C'est un fétu de qui trois pas forment la fosse...
Vivant, c'est peu; mort, c'est un ver.

Peuples, dépouillez-vous du glaive des batailles;
Aux fourneaux jetez vos engins;
Que le cyclope ardent les torde en ses tenailles,
En rails qu'ils sortent de ses mains.

De ce fer destructeur, instrument de ruines,
Fatal aux mains des meurtriers,
Faites des socs tranchants et d'utiles machines,
Des outils pour les ouvriers.

Peuples, faites régner parmi vous l'harmonie !
Plus de luttes, plus de combats !
Mais guerre au Dieu du mal, à Satan, ce génie
Qui trouble la paix ici-bas !

Au néant le secret de l'infernale poudre !
Laissons le carnage au lion.
Sur vous, hommes de sang, du Ciel, avec la foudre,
Tombe la malédiction !

Tels sont les fruits sanglants de votre politique,
Rois ! hâtez-vous de l'abjurer...
A briser le fléau que votre esprit s'applique...
Le Congrès doit le conjurer.

L'ANGLETERRE

Vous avez entendu cette voix souveraine
Qui vient de retentir sur les bords de la Seine.
L'espoir n'est pas perdu, Peuples assujétis...
Vous, Rois, ouvrez les yeux, vous êtes avertis.
Au milieu des grandeurs de la pompe royale,
A nos yeux apparaît le plus honteux scandale.

Prêtez l'oreille au cri des peuples agités ;
Ce cri qu'ont dit les Cieux : Nationalités !
Nationalités ! ce mot, par son prestige,
Du joug qui nous accable, en tout ce qu'il exige,
Fera cesser la cause, et de la Liberté
Assurera partout le règne contesté.

Où courons-nous, grand Dieu ! quelle est cette furie
Qui nous pousse et nous jette en pleine barbarie !

Qu'est devenu l'honneur du preux sire François ?
Perdu ! la bonne foi n'est plus au cœur des Rois.
Chez des Rois égarés elle n'a plus de temple !
Pour des Peuples trahis quel déplorable exemple !
S'ils réclament leurs droits, on répond par la mort.
Quand ils chassent leurs Rois, les peuples ont-ils tort ?

Contre la Nation quand un tyran conspire,
S'il ose violer la Loi dans son délire,
S'il manque à sa parole, à tout jamais honni,
D'un si lâche attentat il doit être puni !
Du sang qu'il a versé sans pudeur et sans honte,
Au ciel comme à la terre il faut qu'il rende compte.

Mais il est des tyrans ! il en est quelques-uns,
Héritiers d'Attila, qui règnent sur des Huns.
S'il est un insensé qui veuille, sans contrôle,
S'exposer à jouer ce redoutable rôle,
En lançant ses soldats, torrents tumultueux
Prêts à tout inonder comme ont fait leurs aïeux,
Par des irruptions apportant le ravage,
Et semant en tous lieux la mort et l'esclavage :
Puissances d'Occident, verrez-vous sans frémir,
Les envahissements sous vos yeux s'accomplir ?
Verrez-vous, l'arme au bras et le calme dans l'âme,
S'ourdir ainsi les fils de ce complot infâme ?

Un peuple tout entier, hommes, femmes, enfants,
Chassés et dispersés en lambeaux palpitants,
Dépouillés de leurs biens et fuyant leur patrie,
N'ayant qu'un seul asile, hélas ! la Sibérie ?
Sans drapeau, sans cocarde et sans même un saint lieu
Pour pleurer leur misère et pour prier leur Dieu.
Forcés d'abandonner leurs églises antiques
Et de leurs frères morts la cendre et les reliques ;
Tout est perdu pour eux ! leurs champs et leurs troupeaux
Sont désormais passés à des maîtres nouveaux !
Et leur religion, que sourdement on mine,
Menace chaque jour de tomber en ruine.
Ceux qui ne peuvent fuir, enfants sacrifiés,
Et Polonais sans nom, seront russifiés.
Et malgré les serments, les traités et la charte,
La Pologne, au tombeau, disparait de la carte !
Puissances d'Occident, la Pologne n'est plus,
Et vos regrets tardifs deviennent superflus !
Des cruels oppresseurs la rage est assouvie ;
Le désordre et la mort règnent à Varsovie !
Des bords de la Vistule affreusement déserts,
Aux Cosaques du Don les chemins sont ouverts;
Des Tartares déjà vous voyez les cohortes,
Le fusil sur l'épaule, au bivac à nos portes.
Ce que Pierre-le-Grand voyait dans l'avenir,

Avec plus de bonheur ne pouvait s'accomplir;
Et le Czar plein d'espoir, prêt à saisir sa proie,
S'applaudit dans sa tombe et tressaille de joie.
Vous l'avez bien voulu, Puissances d'Occident!
Vous pleurerez un jour votre calme imprudent.

Les générations ont flétri d'âge en âge
L'indigne oppression et l'odieux partage
De la brave Pologne aux mains de ses bourreaux!
En plaignant ses martyrs morts pour elle en héros ,..
Elles se promettaient, dans leur juste vengeance,
De rendre la Pologne à son indépendance;
De l'affranchir du joug qui pesait sur son front,
Et dans un sang impur de laver son affront.

Vous l'avez excitée, au jour de ses alarmes,
A voler au combat en saisissant ses armes,
A faire arme de tout, à se servir de faux,
En place de canons à prendre des fléaux,
A tenir en échec une armée innombrable;
Ce qu'a fait dix-huit mois sa valeur admirable:
On a vu ses enfants, pleins d'un saint dévoûment,
Sans peur, un contre dix, charger un régiment.
Le sort de la Patrie est le seul qui les touche:
Ils ont enfin brûlé leur dernière cartouche.

Puissances d'Occident ! en vous tendant la main,
Ayez pitié de nous ! disent-ils. — C'est en vain !
En vain implorent-ils le secours de vos armes,
Il ne leur reste plus qu'à répandre des larmes !
Ils attendent en vain. Vers vous tournant les yeux,
Dans un dernier soupir ils vous font leurs adieux.
Impassibles, muets et frappés d'atonie,
On vous voit assister à leur triste agonie.

Le dix-neuvième siècle à sa tâche a failli
Comme le dix-huitième, et s'ils ont tressailli
De honte, ils n'ont rien fait. Les neveux et les pères,
Hélas ! ont lâchement abandonné des frères.
Proscrit par ses bourreaux, à périr condamné
Un peuple, sous leurs yeux, est mort assassiné.
Et la postérité, les mettant en balance,
N'osera faire entr'eux la moindre différence.
Il est de tout ce mal un misérable auteur
Dont le monde tout haut se fait l'exécuteur;
Qu'il parle, qu'il agisse, il ne rêve qu'entraves,
Mais d'un volcan éteint on ne craint plus les laves;
Il attise le feu dans sa feinte amitié ;
Il monte les esprits par sa fausse pitié ;
Il trépigne, il tempête, il provoque, il menace,
Il stimule, il s'agite, il pousse et reste en place.

Il ne saurait cacher ses sentiments jaloux,
Dans l'eau ses coups d'épée ont trahi son courroux.
Dans sa diplomatie odieuse, rusée,
Depuis Fox et Canning jusqu'à la corde usée,
Avec son John Russell doublé d'un Palmerston,
L'Anglais eût bien voulu nous prendre à l'hameçon,
En nous faisant lancer jusqu'au Rhin nos phalanges;
Mais on sait ce que vaut le miel de ses louanges.
Diplomates, le temps de jouer au plus fin,
Et des roués jongleurs, ce temps a vu sa fin !
Avec Napoléon, plus de jeu misérable,
Désormais il vous faut jouer cartes sur table;
Plus de Machiavel ! et Raton, cette fois,
S'est ravisé depuis qu'il s'est brûlé les doigts...
Il n'a pas oublié votre conduite oblique
Envers le Danemark comme envers le Mexique:
L'Anglais nous eût jetés dans un piége certain;
Mais aujourd'hui sa langue est pour nous sans venin.
Qu'il garde ses écus avec sa couardise,
Qu'il garde ses soldats avec sa marchandise;
Que ce coupable, un jour, par le Ciel irrité
Soit justement puni comme il l'a mérité.

LA LIBERTÉ

Liberté ! berce encor, berce les Nations !
Je ne viens point blâmer les révolutions ;
Je ne viens point non plus, abaissant leurs conquêtes,
Renier des bienfaits chantés par des poètes.
Je viens en patriote, avec ma plume vraie,
Séparer le bon grain de la mauvaise ivraie,
De l'aveugle je viens ouvrir les yeux au jour,
Éclairer l'idiot, faire entendre le sourd;
Je viens des novateurs braver la propagande,
Et des impatients calmer l'ardeur trop grande.
Puissé-je me tenir dans un juste milieu;
Je mets pour mon succès ma confiance en Dieu.
Je ne le sens que trop, ma tâche est périlleuse,
Pleine d'aspérités, mais aussi glorieuse.

Liberté! que ce mot a fait naître d'erreurs!
Magique talisman qui fait vibrer les cœurs,
Cause de bien des maux, de folles utopies
Poussant les citoyens à des actes impies,
Au pays où le peuple est encore ignorant,
Où chacun prend ce mot dans un sens différent.
Par des meetings bruyants envahissant la rue,
Que demande, que veut toute cette cohue?
Interrogeons l'un, l'autre, à votre choix à part;
Parmi tous ces crieurs prenez le plus braillard.
— Que veux-tu? parle, toi? dis ce qui t'intéresse.
— Je veux la liberté, comme on dit, de la Presse;
Oui, je veux que partout on lise les journaux. —
Quelle est la liberté qui n'a ses étourneaux!
Quel culte, dans son sein, n'a pas ses fanatiques
Qu'on rencontre partout, et dans les républiques
A leur cause faisant plus de mal que de bien!...
Un zèle trop outré ne produit jamais rien!
— Tu veux la presse libre, et tu ne sais pas lire!
— C'est égal, et je veux la liberté d'écrire. —
Seize ans sont écoulés; Émile Girardin,
Cet écrivain fameux, disait un beau matin:
Contre quatre canons donnez-moi quatre presses
Et huit bras vigoureux, et je mets tout en pièces.
Je disperserai tout, insurgés et soldats,

Avec mes bulletins en cent alinéas.
Il est vrai que plus tard, la raison revenue,
Il a rectifié sa pointe saugrenue ;
Et maintenant il dit que pour faire le bien,
Dans le Gouvernement la Presse ne peut rien.
Écoutons les propos de certains utopistes,
Les adversaires nés des libres-échangistes :
Veut-on la liberté, sans nulle exception,
Ils veulent hardiment la prohibition.
Pour principe tous ont l'interêt du commerce,
Mais chacun le veut seul pour l'état qu'il exerce.
Tel est tout le secret de leur prétention,
L'égoïsme avant tout ; après, la Nation.
Rien ne peut le toucher. Parlez à l'égoïsme
D'intérêt général et de patriotisme,
Il est sourd à ces mots, chacun pense pour soi,
Appelant à l'envi le triomphe du moi.
Le Midi, pour ses vins, voudrait des privilèges ;
Pour ses sucres le Nord, et Lyon pour ses grèges ;
Rouen pour ses cotons, l'Hérault pour ses trois-six ;
Mêmes vœux en Europe, ainsi qu'en tous pays.
Le monde est ainsi fait, telle est notre nature :
Chacun cherche à tirer à soi la couverture ;
Comme dit un auteur qui n'était pas un fou,
L'un demande du dur et l'autre veut du mou.

Faire le bien n'est pas toujours chose facile ;
Voyez ! que de combats pour l'échelle mobile !
Quand le Gouvernement donne des libertés
On repousse souvent ses libéralités.
On veut, on ne veut pas, et voilà que l'on crie
Contre la boucherie et la boulangerie.
Mais que des charlatans, montés sur des tréteaux,
Débitent leur onguent qui guérit tous les maux,
Vous verrez les niais qui feront des folies
Pour porter jusqu'au ciel toutes les utopies.
Un jongleur dit tout haut que la terre est à tous
Et que la liberté, si nous ne sommes fous,
Veut qu'on se la partage; et de plus il atteste
Que la propriété n'est qu'un vol manifeste.
L'autre du sexe entier veut former un sérail
Et voit la liberté dans le droit au travail.
Celui-ci, sous le nom pompeux de phalanstère,
Veut faire de la France un vaste monastère;
Celui-là, sans le sou, propose que chacun
Pour le bien général mette tout en commun.
Il est des partisans des lois du moyen-âge
Qui voudraient nous plonger encor dans le servage,
Et voir chacun de nous à la dîme obligé,
Pour servir le Seigneur et nourrir le Clergé.
Mais un ardent meneur dont la parole gronde

A l'unité voudrait assujétir le monde,
Au nom des sentiments de pure humanité,
De justice, d'honneur, surtout de Liberté.
L'homme, dit-il, naît libre, au lieu le plus aride,
Sous le pôle du Nord, sous la zone torride;
Qu'il soit Mahométan, Boudhiste ou du Japon,
Fils du Céleste-Empire, ou cosaque du Don,
Ou nègre du Cayor, Osage ou Samoyède,
C'est assez, il suffit que l'on soit un bipède.
Ces monstres, quels que soient la couleur et les traits,
A l'image de Dieu comme nous sont tous faits.
Un tel projet serait sans doute désirable;
Mais l'exécution est-elle praticable?
Loin d'être un mal il faut qu'un don puisse servir;
Allez chez les Bédouins porter votre élixir.
Qu'aux sons de la trompette et du tambour qui roule,
La Constitution soit donc jetée en moule
Pour tous; dans l'Univers, avec l'Égalité
Proclamons bravement partout la Liberté
Ou la mort! Arrêtez! la liberté civile
Est un droit naturel, plus de classe servile.
Mais parce qu'un voisin possède telles lois
Faut-il vous les donner? D'abord, quels sont vos droits?
A des piéges trompeurs ne nous laissons pas prendre;
Consultons-nous avant de ne rien entreprendre.

Avant de lever l'ancre étudions le temps,
Pour ne pas nous fier à des flots inconstants,
Et nous précipiter dans le cap des tempêtes,
Pour courir follement à de fausses conquêtes.
La Liberté nous est aussi chère qu'à vous!
Ah! de la posséder qui ne serait jaloux!
Qui ne voudrait jouir d'une liberté sage,
Grande, majestueuse et surtout sans orage!
Liberté de la Presse, instruisant avec fruit!
Que d'essais on a faits? Hélas! qu'ont-ils produit?
Voyez quatre-vingt-treize et ses sanglantes scènes,
La feuille de Marat dans son *Père Duchêne!*
De la société brouillant les éléments;
Voyez quarante-huit en ses débordements,
La licence effrénée avec son *Boulet rouge* [1],
Et ses mille journaux sortis du même bouge!
De cette liberté voulez-vous le retour?
Ah! plutôt mille fois en maudire le jour!
Sous le sol de l'Europe un volcan fume encore,
Il faut en conserver la lave qui dévore....
Étudions les mœurs, l'esprit des nations,
L'histoire retraçant leurs révolutions;

[1] Titre d'un journal de l'époque. On peut dire de la République de 1848 ce que l'on a dit de la Restauration : elle n'a rien oublié; elle n'a rien appris.

Sondons si, sous nos pieds, le terrain est solide,
Et craignons de bâtir sur le sable perfide;
Assurons-nous s'il faut jeter des fondements
Propres à supporter les plus grands monuments.
Vous qui, par le progrès, en déployant vos ailes,
Avez porté si loin vos conquêtes si belles,
Ne désespérez pas, comptez sur l'avenir;
Oui, vous verrez un jour tous vos vœux s'accomplir.
Qui veut trop se hâter à des dangers s'expose;
On ne l'impose pas, la Liberté s'impose.
Par le respect des lois et de l'autorité
Seul on peut acquérir, Peuples, la Liberté!
Vous tous qui désirez, et manquez de prudence,
A votre aise laissez venir la Providence.
Tout progresse et fleurit à l'ombre de la Paix:
Les révolutions retardent tout succès.
Du temps, dans ses rigueurs, nous voyons tout dépendre
Et tout arrive à point alors qu'on sait attendre.
Laissons faire le temps à son heure, à son pas!
Peuples, la Liberté ne s'improvise pas.

LA SAINTE ALLIANCE

(La Russie, l'Autriche et la Prusse)

Depuis quatre-vingt-neuf, de traits sanglants atteinte,
La Révolution n'est pas encore éteinte ;
Contre elle chaque jour naît un nouveau complot,
Mais elle n'a pas dit aux Rois son dernier mot.
L'horizon s'obscurcit et le ciel sur nos têtes
Se charge de vapeurs annonçant les tempêtes ;
Si le clairon de Mars n'a pas encor sonné ;
Si le canon rayé n'a pas encor tonné ;
Des différends des rois, cette raison extrême,
C'est qu'au beffroi la cloche attend l'heure suprême.
La terre voit partout s'aligner des soldats;
Foulée, elle gémit et tremble sous leurs pas.

L'air est tout imprégné de soufre et sent la poudre,
Dans le lointain s'entend le bruit sourd de la foudre;
Un nuage, en ses flancs, court sur nous l'apporter;
Tout annonce l'orage, il est près d'éclater.
L'effroi semble saisir et l'une et l'autre armée,
On attend le signal, la mèche est allumée.
Quel moment solennel! Quels intérêts puissants
Agitent tant d'esprits, les tiennent en suspens?
Sur tous les fronts se peint l'anxiété profonde:
Que va-t-il se jouer, grand Dieu! le sort du monde.
La Pologne succombe, elle n'est déjà plus!
De ses nobles amis les vœux sont superflus.
Son vainqueur, plus cruel que le vainqueur de Troie,
Sur la croix a cloué sa palpitante proie;
Et foulant à ses pieds un solennel traité,
Il jouit de son crime avec impunité.
L'Occident a tremblé d'une terreur commune;
On a craint d'élever une voix importune,
Le Czar a pris courage, il s'est dit: tout va bien,
Poursuivons nos projets et ne craignons plus rien;
Quand je sens en mon cœur mériter des supplices,
Calmons ma conscience en cherchant des complices.
A moi, Joseph! à moi, Guillaume conquérant!
Vous vainqueur de Duppel, vous vainqueur du Jutland,
Vous vous êtes unis, deux géants formidables,

Pour combattre un Pygmée ! amis à moi semblables,
En écrasant à deux ce pauvre Danemark,
Vous avez, ma foi ! bien mérité des Bismark,
Gortschakoff et Rechberg, tous trois grands diplomates,
Contre les libéraux zélés aristocrates.
Ce que vous avez fait est quelque peu honteux,
Mais vous me valez bien, et j'en rends grâce aux cieux.
Mettons donc sans rougir ensemble nos conquêtes ;
Dans un même bonnet, amis, soyons trois têtes !
Nous avons mis enfin la Pologne au tombeau ;
Nous avons tous les trois partagé le gâteau.
Amis, quand votre gloire à ma gloire s'allie,
Que l'intérêt commun dès ce moment nous lie.
De la meilleure foi, non pas pour quelques jours,
Donnons-nous tous la main en amis pour toujours.
Si jamais l'un de nous reçoit un coup d'épingle
Ou quelque coup de fouet, c'est nous trois que l'on cingle ;
Consacrons parmi nous la mutualité,
Pour combattre à l'instant l'éventualité ;
Entendons-nous toujours comme larrons en foire,
L'intérêt nous l'ordonne et l'honneur et la gloire.
Des traités ? à quoi bon ! l'intérêt est la loi,
La seule en tous les temps qui doit guider un Roi.
A tout ce qu'elle fait l'Angleterre l'applique,
La France le mettra quelque jour en pratique.

Les Rois doivent régner selon leur bon plaisir,
Et les peuples soumis sont faits pour obéir.
La Révolution a détruit nos fortunes ;
Pour les reconquérir renversons les tribunes.
De la Démagogie, oui, brisons les autels
D'où sortent contre nous les complots criminels ;
Là sont les ennemis du repos de la terre.
Arrêtons le torrent, soyons prêts pour la guerre,
Pour la guerre elle-même et non pas pour la paix.
Point de Congrès avant, mais le Congrès après ;
C'est par de tels moyens, exécutés sans crainte,
Que nous pouvons former une alliance sainte.

A nous deux, Gortschakoff : voyons votre rapport ;
Avec le Testament est-il toujours d'accord ?
Faisons-nous des progrès dans le Céleste-Empire ?
Marchons-nous vers le but auquel mon cœur aspire ?
Couvrons de nos colons les bords du fleuve Amour,
Pour surprendre la Chine et l'attaquer un jour.
De sa grande muraille on découvre les portes
Par où doivent entrer nos brillantes cohortes.
Le Testament se tait sur ce pays nouveau,
De ma couronne un jour le fleuron le plus beau.
De nos efforts constants l'Inde est le point de mire,
Il faut d'un ennemi, là, renverser l'empire ;

Pressé de tous côtés par un peuple insoumis,
A ma voix soulevé contre ses ennemis,
L'Anglais éprouvera toute la résistance
D'un peuple qui se bat pour son indépendance;
Dans ses possessions à la fois menacé,
De ce pays lointain l'Anglais sera chassé.
L'Orient est à nous jusqu'au golfe Persique;
Mais une autre ère s'ouvre à notre politique :
Deux souverains jaloux à ma voix ralliés,
Deviennent aujourd'hui mes nobles alliés;
La Prusse aveuglément marche mon satellite;
L'Autriche... je n'ai point oublié sa conduite.
N'importe, je me sers d'elle comme instrument,
Pour le briser plus tard dans mon ressentiment.
Poursuivons... notre armée aux Balkans parvenue,
Et par des monitors la flotte soutenue,
Nous marchons sur Byzance avec sécurité.
L'entente cordiale est une absurdité :
L'Angleterre avilie a perdu son prestige,
Son vaisseau, qu'un pilote inhabile dirige,
Ballotté par les vents fait eau de toutes parts,
Et n'ose de Cronstadt affronter les remparts.
L'Italie, occupée à conquérir Venise,
A s'emparer de Rome, autre terre promise,
Et la France expectante, en sa neutralité,

Sans doute pour agir en toute liberté,
Dans sa prudence un jour confiante et trompée,
Pourrait bien se trouver seule avec son épée.
Avec elle parlons d'accepter le Congrès,
Et d'ouvrir en Pologne une voie au progrès.
Il faut, coûte que coûte, enguirlander la France,
Tout doux l'emmieller, capter sa confiance,
Lui tendre des filets avec un art si fin
Qu'on ne puisse les voir, comme ceux de Vulcain.
L'Empereur est adroit, conduisons-nous de sorte
A lui faire penser qu'à la Sublime Porte
Nous sommes résolus à ne jamais songer,
Et cachons sous des fleurs cet appât mensonger.
Pendant qu'en ce sommeil s'endormiront les transes
De l'Europe, mettons en ordre nos finances,
Et le nerf de la guerre, à sa force rendu,
Notre aigle reprendra son vol inattendu.
Pouvons-nous l'arrêter ? notre âme intimidée
Peut-elle abandonner une si grande idée !
Devant Dieu, d'Annibal pour nous c'est le serment :
Dans le saint vœu du Czar voyons un sacrement.
Sa bouche le murmure au moment qu'il succombe ;
Il le répète encor dans le fond de sa tombe.
Ainsi donc, en portant les yeux de toutes parts,
Nous pouvons affronter la guerre sans hasards.

La Pologne n'est plus ! des bords de la Vistule,
De marcher en avant le Moscovite brûle ;
Avec mes alliés Vienne et de Berlin,
Tout obstacle franchi, j'arrive aux bords du Rhin.
France ! ont dit nos soldats, fin de notre campagne !....
Nous savons le chemin qui conduit en Champagne,
Nous vengeons Champ-Aubert, nous sommes à Paris,
De nos rudes travaux digne et glorieux prix ;
Paris, le vrai foyer révolutionnaire,
Volcan qu'il faut éteindre en son ardent cratère,
Au nom du droit divin, des mœurs, des bonnes lois,
Pour le bien des sujets et le repos des Rois !...
L'Occident est à nous ! par nos grandes conquêtes,
Avec raison alors notre aigle aura deux têtes !

Insensé qui se croit certain de l'avenir !
Le temps marche souvent contre notre désir;
Avant que du soleil la course ne s'achève,
Le grand Czar apprendra qu'il n'a fait qu'un beau rêve.

LA RÉPUBLIQUE

UNE ET INDIVISIBLE

1848

UN GRAND CITOYEN.

Mes amis, chacun sait que notre République
Doit être indivisible en bonne politique,
Et par conséquent une; et que chaque ressort,
Bien graissé, doit toujours être en parfait accord.
Nous fûmes malmenés, aucun de nous n'en doute;
Des paltoquets il faut déblayer notre route;
Unis nous sommes sûrs d'atteindre notre but,
Il faut de la Patrie assurer le salut!
Sous Thiers ou sous Guizot notre Cour citoyenne,
Ou quoique ou parce que était bourbonnienne.
Loin donc les errements anciens, il faut du neuf,
Quelque chose à peu près... mieux que quatre vingt-neuf.

Des liens sociaux une éclipse totale ;
Détrônons Dieu, changeons votre antique morale.
La liberté pour tous ! l'égalité pour tous ;
Ou la mort, citoyens ! la mort ! entendez-vous ?

PLUSIEURS VOIX.

Ou la mort ! entendu !

LE GRAND CITOYEN.

Quand on dit République,
On dit la chose à tous, et c'est vrai sans réplique.
Libres, frères, surtout, nous sommes tous égaux,
Comme dans une ruche ; ainsi, point de rivaux.
Frères, travaillez donc pour gagner votre vie,
A l'œuvre ! citoyens, tous, je vous y convie.
C'est ainsi que j'entends, moi, le droit au travail,
Noble, grand et servant à tous, non en détail.
Ce droit qui fut l'objet d'un reproche sévère,
N'est pas ici pour moi le droit de ne rien faire.
Donc, point de fainéants ! nous sommes ouvriers.
Partout, dans tous les coins formons des ateliers ;
En magasins nombreux, en bazars, en boutiques,
Transformons nos hôtels, nos palais magnifiques,
Où nous entasserons nos différents produits
De nos puissants labeurs, objets à prix réduits.

Là chacun puisera par le moyen d'échange,
(Sublime invention, pour quelques-uns étrange,)
Pour ses besoins réels tout ce que peut offrir
L'humble et simple confort pour vivre et se vêtir.
Ainsi chaque ouvrier, quelque état qu'il exerce,
Désormais affranchi des abus du commerce,
En déposant son œuvre, en échange reçoit,
Au prix de nos tarifs, un objet quel qu'il soit.
Le problème important, le plus grand pour les hommes,
Dans les siècles passés, comme au siècle où nous sommes,
L'égalité! se trouve à la fin résolu,
Par l'effet radical d'un système absolu.
Nous n'avons plus besoin d'argent, vaine chimère!
A quoi peut-il servir? nous n'en avons que faire!
Le travail n'est-il pas un trésor souhaité?
Nous serons riches tous de notre pauvreté,
Et nous ne verrons plus l'orgueilleuse opulence,
De ses airs de hauteur insulter l'indigence,
Forcer le prolétaire à lui céder le pas.
Eh quoi! le travailleur ne le vaudrait-il pas?
C'est trop longtemps souffrir que son char, de sa roue
Éclabousse le pauvre et le couvre de boue.
Aux ateliers actifs et dits *nationaux*,
Courons, avec ardeur, reprendre nos travaux.

UN TRAVAILLEUR.

Il faut, pour travailler, la matière première ;
Et l'argent est dans tout la cheville ouvrière.

LE GRAND CITOYEN.

C'est vrai ; mais pour répondre à cette objection,
Je vais de suite ouvrir une souscription
Pour former une banque au monde sans égale,
Que nous appellerons *banque nationale* [1].

UN AUTRE GRAND CITOYEN.

Loin d'ici, mes amis, un banquiste vantard,
Dangereux inventeur d'un système bâtard.
Il faut organiser, avant tout, la famille ;
Et c'est dans Fourrier seul que la science brille.
Suivez donc son système, il est des plus parfaits,
Et le monde devrait jouir de ses bienfaits.
Frères, méfiez-vous de toutes piperies ;
Voulez-vous être heureux, adoptez ses séries ;
Vous y verrez comment on peut, par le travail,
Devenir, un beau jour, chef de tout le bercail.
C'est par l'attraction et par la sympathie
Que du Ciel naît pour nous la sublime harmonie.

[1] Voir les Œuvres ébouriffantes de Proudhon.

Tout pour l'État! pour lui d'amour chacun combat,
Et la mère, à son tour, doit son lait à l'État.
L'hymen est un abus, ses trompeuses amorces
De l'homme sous son joug affaiblissent les forces.
Si tout est pour l'État, l'État, de son côté,
Remplit tous les devoirs de la paternité.
Frères! de tous, enfin, la mère est la Patrie[1].

UN CITOYEN.

Le ménage n'est donc qu'une ménagerie?

UN AUTRE GRAND CITOYEN.

Tout peuple doit avoir sa constitution.
Pour nous, législateurs, dans notre mission,
La lui donner d'abord est la règle première;
Ses Papes[2], c'est de nous qu'il reçoit la lumière.
Comme base fondons avec solidité
L'organisation de la Société.
Qu'a-t-on fait jusqu'ici? rien que de la parade.
Un bon gouvernement, fondé sur la triade,
Le cube symbolique avec le circulus,
Peut seul, en nous sauvant, extirper les abus.

[1] Voir les Œuvres harmoniques du passionnel Considérant, apôtre de l'omniarque Fourrier.
[2] Expression sacramentelle du pape P. Leroux.

Et qu'a-t-on fait encor? du matérialisme.
Mais nous vous apportons le spiritualisme,
Une religion de confraternité,
Où chaque frère aura droit à la papauté.
Vous n'êtes pas pour nous des troupeaux, mais des troupes
A faire manœuvrer, divisons-nous en groupes ;
Sciences, Arts, Métiers, chaque état, trois par trois,
Doivent coopérer à fabriquer les lois.
Tous du Gouvernement ainsi nous sommes membres,
Nous vous proposons donc modestement neuf Chambres.

PLUSIEURS VOIX.

Oh! oh!

LE GRAND CITOYEN.

Mais écoutez.

PLUSIEURS VOIX.

On s'entendra bien moins ;
Deux Chambres sont déjà de trop pour nos besoins.

LE GRAND CITOYEN.

Plantez des peupliers chacun à votre porte ;
Vous vous amenderez en parlant d'autre sorte.
Au peuple consacré, le peuplier divin
D'union et de paix est le signe certain.
En frères désormais vous vivrez sans querelle,

Et des peuples ainsi vous serez le modèle.
A des cœurs élevés j'ai parlé sagement,
Point de salut pour nous sans mon gouvernement[1].
C'est par de tels discours, de pareilles sornettes,
Que pendant trop longtemps on a rompu nos têtes,
Et qu'on a fait danser comme un Polichinel,
Le peuple soi-disant le plus spirituel.
Maintenant dans le port, échappés au naufrage,
Nous pouvons mesurer, assis sur le rivage,
La grandeur des périls par miracle évités ;
On croit rêver... nos cœurs en sont épouvantés.
Mais Dieu n'a pas cessé de protéger la France ;
Dans sa grâce il a pris en pitié sa souffrance.
Contre ses ennemis, jaloux de sa grandeur,
Son bras a suscité, parmi nous, un vengeur,
Qui, le fouet à la main, comme terrible exemple,
Chasse honteusement ces charlatans du temple,
Et d'un lâche et faux dieu, comme jadis Baal,
Fait voler en éclats l'indigne piédestal.
Et la Société, que partout on menace
D'anéantissement jusqu'à la moindre trace,
Déjà frappée au cœur, sur le point d'expirer,
Bientôt dans un air pur commence à respirer.

[1] Voir les Œuvres amusantes de P. Leroux.

L'horizon s'éclaircit, et le ciel sans nuages
Dissipe dans les cœurs la crainte des orages.
Les flots se sont calmés, l'ordre a repris son cours ;
Une brillante étoile annonce de beaux jours.
Elle n'a point encor trompé notre espérance,
Au chemin de l'honneur elle a guidé la France ;
Et la France a marché de succès en succès,
La première en avant au drapeau du progrès !
Et quand, dans son manteau, fière, elle s'enveloppe,
Elle peut se vanter d'avoir sauvé l'Europe.
Amour, respect, honneur, gloire, elle a tout acquis,
Elle eut plus d'une fois son soleil d'Austerlitz.
Pendant que le Destin des nations se joue,
Elle n'a pas traîné sa robe dans la boue ;
Elle s'est relevée avec cette fierté
Que sur ses ennemis donne l'autorité.
Des peuples opprimés elle est la providence ;
Non, elle n'a jamais trahi leur confiance ;
Elle n'a compromis jamais sa dignité.
Pour son tempérament elle a sa liberté ;
Son bras s'étend partout, et le Ciel le seconde ;
Il pèse à volonté sur les destins du monde.
Elle a de tous les rois proposé le Congrès,
Sa dernière conquête un jour sera la paix.

ROME

Rome n'a point cessé de faire peur au monde,
Ce n'est plus par le bruit de sa foudre qui gronde ;
Et quoique dans son sein fume encore un volcan,
Sa foudre est désormais muette au Vatican.
Des Pontifes hautains, Grégoire ou Boniface,
Les Rois ne craignent plus d'encourir la disgrâce,
Et d'aller humblement, fléchissant le genou,
Traînés en criminels, la corde autour du cou,
Un cierge dans la main, et pieds nus, en chemise,
Leur demander pardon dans le chœur d'une église.
Les Papes commandaient, tout tremblait à leur voix;
Ils élevaient au trône et détrônaient les Rois.
La tiare n'a plus qu'une vaine puissance,
Une seconde fois Rome est en décadence ;

Son pouvoir s'affaiblit, il marche vers sa fin;
Comme la Rome antique, elle est à son déclin.
L'arme la plus terrible en ses mains s'est brisée,
Et par ceux qu'elle atteint sans crainte méprisée;
Par la rouille rongé, l'acier inoffensif
Ne fait plus de blessure aujourd'hui jusqu'au vif;
Le Saint-Siége en a fait un essai déplorable,
Les rieurs se sont mis du côté du coupable.
Rome n'a plus trouvé, comme aux jours d'autrefois,
Des Rois, des Empereurs dociles à sa voix.
Elle n'a pas compris, ne comprend pas encore,
Que d'un temps de progrès brille partout l'aurore.
Nous sommes loin d'admettre à nos yeux, comme égaux,
Et ses bienfaits acquis et ses rêves nouveaux.
Mais cette irrévérence à la dernière bulle[1],
Qui de Rome en courroux rend la menace nulle,
A dû lui faire voir que sa force aujourd'hui
Pour soulever le monde avait manqué d'appui;
Que trop avant lancée, en chemin fourvoyée,
Dans un gouffre sans fond elle s'était noyée,
Et que, jouet des vents, brisé, flottant sur l'eau
Il fallait dans le port ramener son vaisseau.

[1] L'excommunication de Victor-Emmanuel; anacronisme qui remonte au XIIe siècle, dont la conséquence burlesque est le spectacle d'un pape sous la protection des baïonnettes d'un roi excommunié.

Qu'est devenu le temps où prêchaient les apôtres,
Disant : Aimez-vous tous, frères, les uns les autres ?
Les reins ceints d'une corde, un bâton à la main,
Ils étaient toujours prêts à se mettre en chemin,
Pour répandre en tous lieux la parole divine,
Et de Jésus leur Maître enseigner la doctrine.
Ils visitaient à pied les plus humbles hameaux,
Et de l'âme et du cœur guérissaient tous les maux ;
Prêchaient surtout la paix, en bienfaits si féconde,
Et ne se mêlaient point aux tourbillons du monde ;
Pleins d'une sainte ardeur, à genoux, à l'autel
Pour les pauvres pécheurs ils priaient l'Éternel.
Ils ranimaient les cœurs tombés en défaillance,
En leur montrant au ciel un rayon d'espérance ;
Et prenant en pitié leurs frères malheureux,
Ils partageaient leur lait et leur pain avec eux.
Toujours simples, au peuple ils se montraient sans gardes,
Sans farouches soldats armés de hallebardes ;
Chacun les approchait, les petits et les grands :
Venez à nous, venez, disaient-ils aux enfants.
Ils fuyaient les honneurs qu'ils laissaient au vulgaire ;
Leur occupation seule était la prière,
Gagner le ciel un jour était leur avenir,
Ils se faisaient aimer, ils se faisaient bénir !....
Rome, dans son orgueil, là se reconnaît-elle ?

Quel changement, grand Dieu ! dans la ville éternelle !
Rappelons-nous Jésus, né dans la pauvreté,
Du peuple simple enfant, sans souveraineté ;
Rappelons-nous Jésus, sa modeste monture,
Sa demeure bien humble et sa robe de bure !
Que Jésus apparaisse au seuil du Vatican !.....
Il apparaît !.... c'est lui, dans son suaire blanc....
Un roseau dans la main et l'agneau sur l'épaule,
Sa couronne d'épines en brillante auréole....
— Quoi ! sur ce trône assis, d'or, de pourpre éclatant,
Sur la terre, dit-il, vous, mon représentant !....
D'où vient, sur votre front, cette triple couronne
Qui, plus que le soleil, éblouit et rayonne ?
Quelle est cette splendeur et ces riches habits ?
Ce luxe étincelant sous ces pompeux lambris ?
Vous avez oublié que Jésus misérable
Naquit à Bethléem dans une pauvre étable !
Quel est cet appareil qui trouble ma raison ?
Ce palais serait-il pour vous une prison ?
De Pilate j'y vois la garde consulaire
Qui conduisit Jésus au sommet du Calvaire.
Mais non, je ne vois pas le marteau ni les clous
Qui m'étaient destinés par un juge en courroux.
C'est la garde d'honneur qui veille sur les Papes,
Ainsi qu'en Orient sont gardés les Satrapes.....

Non, de Pierre, jadis mon humble serviteur,
Je ne reconnais pas en vous le successeur....
Pierre n'avait pour suite, en prêchant mes préceptes,
Que ceux que sa parole avait faits ses adeptes;
A Rome, où pour ma cause il mourut en martyr,
Il était précurseur de l'Église à venir.
Il n'avait aucun titre et parlait comme apôtre,
Il n'avait point de trône. Et d'où vous vient le vôtre ?
On ne le promena jamais en palanquin,
Comme on fait d'une idole à la cour de Pékin.
Pauvre frère quêteur, comme un modeste moine,
Pierre n'a possédé jamais de patrimoine [1].
Je reconnais en vous beaucoup de piété,
Les plus nobles vertus, la foi, la charité;
Vous méritez le nom glorieux de Saint-Père,
Mais que vous êtes loin de ressembler à Pierre !
Voulez-vous l'imiter ? Vous serez comme lui
Quand un bâton de houx vous servira d'appui,
Quand, tombant en longs plis, une ample robe brune
Vous enveloppera de sa laine commune,
Quand vous aurez aux pieds, exposés au grand air,
Des sandales de cuir avec des clous de fer,

[1] Sur ces diverses questions de papauté, de patrimoine, de tiare, de souveraineté, voir l'*Histoire des papes*.

Ou bien quand vous irez, comme j'allais moi-même,
Au mont des Oliviers, nu-pieds, sans diadème;
Et quand disparaîtront enfin tous ces soldats,
Prêts, sur votre signal, à voler aux combats..
Ce terrible attirail, bouclier du Saint-Siége,
Peut-il être accepté par le Ciel pour cortége ?
Loin de vous ces amis qui poussent votre char
Et veulent transformer un Pontife en César;
L'armer de pied en cap, lui donner une épée
Qui dans le sang humain peut être un jour trempée!
Un Pape doit bénir et non semer le deuil,
A l'autel prier Dieu, prier sur un cercueil!
Qu'une goutte de sang coule un jour dans la rue:
Qu'il soit maudit! criera tout un peuple à sa vue!
L'écho répétera jusque dans le saint lieu:
Qu'il soit maudit au ciel le vicaire de Dieu!
Pape, prêtre ou pasteur de fidèles ouailles,
Du monde c'est à vous d'éviter les batailles;
Ainsi, partout aimé, béni du monde entier,
Vous représenterez le Fils du charpentier,
Jésus mort sur la croix; de Dieu vous serez l'homme;
Plus respecté qu'un Roi vous resterez à Rome,
Sans troubler l'Italie et sans être troublé;
Vous pouvez relever un pouvoir ébranlé,
Vous pouvez voir encor la triomphante Église,

Plus ferme que jamais sur son rocher assise.
Suivez Jésus.... rendez donations et biens,
Entre Satan et vous méprisables liens.
Quand vous renonceriez aux biens de ce bas-monde[1] !...
Pierre le fit pour moi, dans son ardeur profonde ;
Suivez, suivez ses pas dans le chemin du Ciel,
Vous serez le plus grand des rois, sans temporel,
En régnant sur les cœurs, comme l'apôtre Pierre,
Qui ne fut jamais roi, mais sujet d'un Tibère. —
Il dit et disparaît, et Jésus monte aux cieux,
En traçant dans l'espace un sillon lumineux ;
Plongé dans la stupeur, le front bas, en prière,
Il laisse à réfléchir le successeur de Pierre.
Assailli de projets, où va-t-il s'arrêter[2] ?
Éclairé par le Ciel, il ne peut hésiter ;
Et du monde agité, quelle que soit la crainte,
Peut-il jamais du Ciel trahir la cause sainte ?
Philosophes rêveurs dont s'égarent les pas,
Dieu, la religion ne vous inspirent pas.
A la difficulté vous n'offrez point d'issue ;

[1] Ceci se lit dans le catéchisme et se dit par tous les chrétiens qui reçoivent la communion : « Je renonce de tout mon cœur au Démon, à ses pompes et à ses œuvres », c'est-à-dire, à la vanité et à l'éclat trompeur du monde.

[2] Il a été publié au moins vingt brochures proposant des combinaisons pour la translation du Saint-Siége hors de Rome.

Pour tout concilier votre œuvre est mal tissue ;
Vous ne trouverez pas d'autre solution
Plus sage, plus conforme à la saine raison.
Notre solution n'est point un paradoxe,
Aux yeux des vrais croyants elle est toute orthodoxe.
Nous demandons beaucoup, mais ce doit être peu
Pour l'humble serviteur des serviteurs de Dieu.
Quoi ! la Religion serait-elle un mensonge ?
Ne verrait-on le ciel et son salut qu'en songe ?
Nous montrant le chemin qui mène en Paradis,
Jésus parle aujourd'hui comme il parlait jadis.
Ainsi se dénoûra la question funeste
Qui menace l'Europe, et, pire que la peste,
Peut la plonger un jour dans mille maux divers
Et d'un vaste incendie embraser l'Univers.

GARIBALDI

Je suis loin de vouloir balafrer une gloire
Et de venir m'inscrire en faux contre l'histoire.
Garibaldi, sans doute, est un preux chevalier,
Dont le nom glorieux remplit le monde entier ;
C'est ce que l'on voudra, le Cid, Roland, Tancrède !
Devant qui tout s'efface et devant qui tout cède ;
Il peut leur ressembler par plus d'un fameux trait,
Mais pour être un héros est-on en tout parfait ?
Garibaldi, dit-on, je le crois, est malade
Plus d'esprit que de corps, il l'est d'une tocade.
C'est une étude à faire avec sincérité,
Et dans notre examen disons la vérité :
Il s'est joué naguère, aux bords de la Tamise,
Une farce incomplète, à peu près incomprise,
Tant on a mis d'audace et tant d'art à la fois,
Dans la leçon donnée aux Peuples comme aux Rois.

Aux flots des spectateurs tous grognant par la ville,
Qui trompe-t-on ici ? se serait dit Bazille ;
Certes, excepté moi, tous sont dans le secret :
De cette comédie où diable est le sujet !
Je cherche vainement à quoi bon cette pompe,
C'est quelque Bartholo sûrement que l'on trompe,
Ce serait plus plaisant, s'ils se trompaient entr'eux,
Et pour un Bartholo s'il s'en rencontrait deux.
Voyons, examinons avec ma longue vue
Ce que l'on doit penser d'une telle entrevue.
Que va faire là-bas, bon dieu ! Garibaldi ?
Implorer le secours d'un peuple abâtardi !
Que Palmerston se fâche en nous faisant la moue,
De son sourcil froncé tout le monde se joue,
On ne l'écoute plus ; en Europe aujourd'hui,
Chacun fait ce qu'il veut et l'on marche sans lui.
C'est échec sur échec. Dans la guerre danoise,
A la Prusse, à l'Autriche il n'a pu chercher noise.
L'Angleterre a perdu son prestige si grand ;
L'Angleterre est, hélas ! tombée au dernier rang !...
Et sa mauvaise foi, Garibaldi l'oublie.
Elle a dit haut et clair : la cause d'Italie
Ne vaut pas un soldat et pas même un écu....
Et son coup de Jarnac, qui n'en est convaincu ?
Oui, sans sa trahison, aujourd'hui l'Italie,

Comme Naples et Milan aurait la Vénétie.
C'est un sujet que doit traiter un jour Clio...
On commence à voir clair dans notre embroglio ;
Et de la comédie, à mesure qu'on fouille,
Par un côté déjà l'intrigue se débrouille.
Un acteur est connu... notre ami dangereux,
Garibaldi, n'a pas l'esprit malicieux ;
Garibaldi, tout franc, ne connaît pas l'intrigue ;
De promesses l'Anglais à l'excès est prodigue....
Nous ne jurerions pas que le Bertrand saxon
Ne prît Garibaldi quelque jour pour Raton.
L'Anglais comprend ainsi l'entente cordiale;
A ce prix il vous tend une main amicale,
Il vous promet écus et vaisseaux de haut-bord,
Toujours prêts à partir,.... mais qui restent au port.
Il fait beaucoup de bruit avec ses canonnades ;
Mais ce n'est après tout que fières gasconnades;
Il montre en vain les dents: le Léopard raillé
Ne fait pas plus de peur qu'un lion empaillé.
Garibaldi s'aveugle, et son injuste haine
Contre Napoléon un peu trop loin l'entraîne ;
Il croit avoir donné l'Italie à Victor,
Avecque les soldats et les écus d'un lord.
Dans la pièce à jouer avec son fin compère,
Garibaldi n'est plus qu'un acteur secondaire,

Un instrument docile à ses mauvais desseins,
Dont il se servira comme on fait des pantins.
Mais le rideau se lève et la pièce commence,
Le silence se fait... l'auditoire est immense.
L'entrevue a donc lieu, John Bull est au forum,
Superbe, tous gardant le plus grand décorum :
— Vous êtes, Général, aussi grand que le monde !..
(Hourras et grognements, révérence profonde.)
— Votre comparaison me flatte infiniment ;
Vous êtes, je le dis ici sans compliment,
Parmi les nations la première du monde.
(Hourras et grognements, révérence profonde.)
— Oui, nous vous proclamons, d'une commune voix,
Illustre citoyen, un Romain d'autrefois.
Le peuple saluait en vous déjà son maître !
Quand vous faites des rois, vous dédaignez de l'être.
— O Nation fidèle à ses engagements !
Solide en amitié, noble en beaux sentiments !
Vous, si franc du collier comme on n'en voit pas d'autres,
Salut ! Anglais si grands et les meilleurs apôtres !

Qu'est-ce que tout ce bruit ? personne n'en sait rien.
Quel est des deux acteurs le plus grand comédien ?
L'Anglais et le Romain, grands ennemis du Pape,
Ont pu rire à la fois l'un de l'autre sous cape.

Garibaldi triomphe ! on ne se quitte pas
Sans se porter un toast à la fin d'un repas.
C'est chose de rigueur ; dans le siècle où nous sommes,
C'est par de bons dîners qu'on empaume les hommes :
Festin de Balthazar après l'ovation !
John Bull veut qu'à son hôte on vote un million,
Le héros ne veut pas de récompense honnête,
Et s'éclipsant il part sans tambour ni trompette ;
Et la farce est jouée.... on baisse le rideau.
Bazille stupéfait, enfonçant son chapeau,
Levant les mains au ciel et haussant les épaules,
Par le chemin de fer prend la route des Gaules.
Est-ce un rêve ? dit-il, en passant le détroit ;
Serais-je halluciné ? c'est toujours maladroit ;
Ce que je viens de voir a droit de me confondre.
Parbleu ! Garibaldi pour Paris a pris Londre.
En allant au sabbat, monté sur son balai,
Un sorcier l'a toqué : mon Dieu ! serait-il vrai ?
Se tromper de la sorte est-ce chose possible !
Suis-je moi-même fou ? l'erreur est trop sensible.
Quoi ! la France en ceci ne compterait pour rien !
Entendons-nous pourtant : qui battit l'Autrichien ?
Qui sur les champs d'honneur remporta la victoire ?
En répandant son sang qui se couvrit de gloire :
Parlez Solferino, répondez Magenta,

Dites-nous sous vos murs le drapeau qui flotta !
Est-ce un autre drapeau que le drapeau d'Arcole
Qu'on vit flotter plus tard sur chaque métropole ?
Qui donna ses soldats ? qui donna ses écus ?
Des bienfaits les plus grands on ne se souvient plus.
Aujourd'hui, sans la France, où serait l'Italie ?
Aux mains de l'Autrichien, comme la Vénétie.
Garibaldi se trompe et n'a pas sa raison
Dans son blâme insensé contre Napoléon.
Pouvait-il, sans secours, achever cette guerre ?
Marcher avec succès sur le quadrilatère ?
Dans leurs retranchements forcer les Autrichiens ?
Pensiez-vous imiter Achille aux champs troyens,
Et protégé du ciel, de prodige en prodige,
Triompher en courant jusqu'aux bords de l'Adige ?
Le temps où combattaient les demi-dieux n'est plus,
Et les gros bataillons ne sont pas superflus.
Où donc notre héros et dans quels lieux barbares,
Eût-il, nouvel Énée, emporté ses dieux Lares,
Si ce Napoléon, qu'il déteste à la mort,
N'eût franchi le Simplon pour secourir Victor ?
Où serait-il ? grand Dieu ! l'Italie envahie
Et Nice même aux mains de l'Autriche haïe !
Et nous, forcés de voir à nos portes César
Prêt un jour à franchir son Rubicon, le Var !

Où serait-il? l'ingrat! dans une autre Caprée,
Par un autre Tibère à l'exil consacrée.
Peut-être le vainqueur de Castelfidardo
Subirait à Spielberg le sort de Pellico!
Ce spectacle en plein vent, parade misérable,
Est peint par un auteur sous la forme de fable :
C'est avec grand fracas, et poussant de longs cris,
La montagne accouchant d'une pauvre souris.
Quand dans le ridicule un grand peuple se plonge,
C'est en vain que l'on veut colorer un mensonge ;
Et vos dés sont pipés, on connaît vos projets,
Vous ne trompez personne, excepté les niais.
N'importe la chemise où l'acteur s'enveloppe,
On veut évidemment tout brouiller en Europe,
Et les brouillons sont ceux qui refusent la paix,
Ceux qui, dans leur dédain, repoussent le Congrès.
Eh quoi! se récuser quand la paix est offerte!
Insensés! c'est vouloir toujours la guerre ouverte.
Mais les brouillons, un jour, verront dans leur stupeur
Le temple de Janus fermé par l'Empereur!

NOTA. *Les Européennes* ont été composées à l'époque où les différentes questions qui y sont traitées faisaient craindre, comme imminente, une issue redoutable pour l'Europe.

Odes et Épîtres

LA NOBLESSE[1]

ODE

La noblesse est une chimère....
Seule fait-elle les héros?
Des noms imposent au vulgaire,
Et n'éblouissent que les sots.
Le rayonnement de son lustre,
En naissant fait-il l'homme illustre?
Égal à Roland, à Bayard?
La vertu brille à tout étage,
Et la valeur est le partage
Du dernier soldat de César.

[1] Quand Boileau a dit:

La noblesse, Dangeau, n'est point une chimère.....

Boileau pouvait avoir raison pour son temps. Il a fallu la Révolution de 89 pour qu'il ait eu tort.

A ses fils transmet-on la gloire
Comme on transmet un titre, un rang?
En or s'inscrit-on dans l'histoire
Pour sortir d'un antique sang?
Que de fils stupides et lâches,
Couverts des plus honteuses taches,
De beaux noms ont terni l'éclat!
Un grand et noble caractère
N'est pas toujours héréditaire....
Tel naît noble qui meurt goujat.

Fouillons dans les vieilles annales
De ces races de demi-dieux....
Que de tiges, même royales,
Ont poussé des rameaux piteux!
Nous sommes tous de même fange;
Est-il donc rien de plus étrange
Que la morgue d'un hobereau!
Pourquoi, montés sur des échasses,
Ces grands noms? et pourquoi ces classes,
Quand le peuple est notre berceau?

La basse intrigue et le caprice
A la Cour vous donnent accès;
Pour vous, par une protectrice,
S'ouvrent les portes du palais;

D'un habit brodé l'on vous pare,
Votre poitrine se chamarre
De rubans de toutes couleurs;
D'un nom pompeux, à votre guise,
Dans le Pactole on vous baptise,
Ainsi sont faits de grands Seigneurs!

Tout ce qui touche à la Couronne
Prend un certain air de grandeur,
Et les serviteurs près du trône
Sont tous des Chevaliers d'honneur:
Le varlet est un Gentilhomme;
Le cuisinier, grand-Queux se nomme;
La chambre a son grand Chambellan;
Celui qui préside à l'étable
Se transforme en Grand-Connétable,
Veneur, Échanson, tout est grand!

Mais il est des hommes d'élite
Qui font un culte de l'honneur,
Et s'élèvent par leur mérite,
Fiers artisans de leur grandeur.
Haut et ferme, dans la carrière,
On les voit porter leur bannière
En avant, sans broncher d'un pas;
L'épée à la main la défendre,

Jurant de ne jamais la rendre....
Plutôt un glorieux trépas ! ! !

En eux commence la Noblesse
Quand chez d'autres elle finit,
L'une brille de sa jeunesse ;
Caduque, l'autre se ternit.
Quand la Noblesse est sans prestige,
Alors à rien elle n'oblige....
Sans religion, plus de foi !
Et la Noblesse ainsi flétrie,
On voit sortir d'une écurie
Un preux Chevalier, même un Roi !

La Noblesse n'est point une œuvre
Que créa la Divinité ;
Elle est une indigne manœuvre
De l'homme dans sa vanité.
Jadis encor toute nouvelle,
La Noblesse était personnelle,
Partage d'un héros fameux,
Qui, le premier, au rang suprême,
Ceignit son front du diadème ;....
Ce fut un soldat sans aïeux !....

La Féodalité sauvage
Enfanta de nouvelles mœurs,

Et l'on vit naître l'esclavage
Sous de petits et grands seigneurs.
De puérils hiéroglyphes,
Et d'emblèmes en logogriphes,
Un jour naquit l'art du Blason ;
De superbes Gentillâtres,
De frivolités idolâtres,
En barbouillèrent leur maison.

Bientôt, étendant sa puissance,
La Noblesse élève la voix ;
Elle parle avec insolence,
Fière elle fait trembler les Rois.
Elle les brave et les menace :
Il fallait réprimer l'audace
D'une foule de roitelets.
Pour combattre un mal qui les blesse
Les Rois choisissent leur noblesse
Chez les roturiers, leurs sujets.

Le premier qui reçoit la marque
De cette royale faveur,
Et doit de son puissant monarque
Faire respecter la grandeur,
Est-ce un citoyen qu'on renomme,

D'étoffe à faire un Gentilhomme [1] ?
Non, c'est un Labrosse, un barbier !
Le second que l'on voit éclore,
Que d'un beau titre l'on décore,
C'est un Raoul, un argentier !

Qu'il soit fait des Ducs et des Princes,
Pour prix de glorieux travaux,
Et des Proconsuls de provinces
Parmi nos fameux Maréchaux...
Mais, pour Dieu ! qu'un fils imbécile,
A sa Patrie être inutile,
Reste ce qu'il est, rien de plus ;
Et qu'un père, quand il succombe,
En emportant tout dans la tombe,
Ne laisse au fils que ses écus.

Mais si le fils aime la gloire,
Si de son père au fond du cœur,
Ce fils révère la mémoire,
Qu'il marche et qu'il y fasse honneur...
Si quelque jour un fat, pour rire,
En le persifflant, ose dire :

[1] Labrosse, barbier de Philippe-le-Hardi, et Raoul, argentier de Louis XI, furent les premiers qui obtinrent des lettres de noblesse (XIIIe et XVe siècles).

Qui t'a fait Comte et grand seigneur?
Qu'il réponde avec assurance :
C'est moi, ma plume, la science,
Ou bien mon sabre et ma valeur!

Vous qui vous croyez les arbitres
De tous les peuples en tout temps,
Supputez l'âge de vos titres:
Les plus vieux n'ont pas six cents ans!
De vos parchemins en ruine,
Jugez maintenant l'origine;
Saurait-on s'en glorifier?
De vos quartiers faites le compte;
Et qu'à leur source l'on remonte,
Vous rencontrez un sieur barbier [1].

Vous, brillante et noble Jeunesse,
Aux retentissants éperons,
Qui vous plongez dans la mollesse,
Et dans un puits faites des ronds,
De vos ancêtres héroïques
Chantez les exploits magnifiques;
Qu'avez vous fait de ce trésor?
Aux vertus indignement traîtres,

[1] La loi salique ne reconnaissant pas des nobles pas plus que des non nobles.

Vous faites rougir vos ancêtres :
Tout ce qui brille n'est pas d'or !

De tous vos imposants prestiges,
Nobles, que reste-t-il debout?
En trouveriez-vous des vestiges
Depuis la fameuse nuit d'Août[1] ?
Jadis seuls les soutiens du trône,
Fallait-il venger la couronne,
Vous accouriez sous les drapeaux ;
Et pour la Patrie alarmée,
A votre voix marchait l'armée...
Qu'étaient les soldats ?.. vos vassaux.

Aujourd'hui, quand le canon gronde,
Quand le tambour bat le rappel,
En France aussitôt tout le monde
Accourt et répond à l'appel ;
Chacun prend son rang de bataille,
Brûlant de voler aux combats ;
Quand le Prince ceint la couronne,
Le Peuple entier qui la lui donne
Soutient le pavois de ses bras.

[1] Dans la nuit du 4 août 1789, l'Assemblée nationale abolit les droits féodaux, les privilèges des nobles, etc.

Cette Noblesse qu'on envie,
Malgré tout descend au tombeau ;
En vain voudrait-on de sa vie
Rallumer le pâle flambeau.
A quelques âmes puériles
Que charment les choses futiles,
Comme à des enfants elle plait...
Mais l'homme sage et sans faiblesse,
Tout bas se rit de la Noblesse;
Elle n'est pour lui qu'un hochet.

Hélas! objets de convoitise
Ces titres, qui font des jaloux,
Ne sont que pure marchandise,
Comme à la foire les joujoux.
Ainsi qu'aux enchères publiques
Pour les vendre il est des boutiques
Où s'anoblit plus d'un Mondor[1];
Chaque classe seigneuriale
A son prix, sa valeur vénale...
On est tout quand on a de l'or.

[1] Un certain faux duc a été condamné, il y a quelques années, pour trafic de titres et de décorations. Une boutique s'était établie, non loin de la Bourse, pour le même objet. Il y a des Cours étrangères qui vendent, à beaux deniers comptants, titres et décorations.

Vous qui n'êtes rien sur la terre,
Mais dont le cœur ambitieux
Rougit d'un père prolétaire,
Voulez-vous avoir des aïeux?
D'un beau nom aristocratique
Créez-vous une tige antique,
Sans scrupule et de votre chef[1].
Qui veut un titre se l'adjuge;
Datez le vôtre du déluge,
Tout au moins de Pépin-le-Bref.

Clio, sur l'airain de ses pages,
A gravé les noms les plus purs
De grands hommes, héros ou sages,
Sortis des rangs les plus obscurs...
Qui que tu sois, de noble race,
Es-tu lâche, as-tu l'âme basse,
Tu n'es qu'un vil patricien;
L'homme de naissance petite
S'est-il fait grand par son mérite,
Il est un noble plébéien!

[1] **Sous Colbert, il fut découvert quarante mille usurpations de titres. En 1858, intervint une loi pour arrêter la fureur de ces usurpations qui menaçaient la France d'un anoblissement général. Sans cette malencontreuse loi, nous nous serions trouvés un jour tous nobles en France. Dès-lors il n'y aurait eu plus de nobles. — Que de généalogies, depuis le milieu du XVIIe siècle, sont sujettes à caution!**

L'IGNORANCE

ODE

Quel bruit résonne sur ma tête?...
Le peuple, à flots, hâte le pas;
Est-ce le signal d'une fête?
Est-ce des morts le sombre glas?
C'est la prière qui murmure...
L'aspect de la Croix me rassure,
Signe d'amour et de bonheur!..
Un Prêtre, en son saint équipage,
Du Dieu de paix porte l'image...
Dois-je être en proie à la terreur!..

Au loin une épaisse fumée
Dans l'air trace de noirs sillons;
Et soudain, colonne enflammée,
Elle s'élève en tourbillons!..

Quel cri de joie au ciel s'élance?
Dieu, pour signaler sa présence,
Fait-il des miracles nouveaux?..
Un bûcher que le Christ décore!..
Un homme que le feu dévore!..
Des Prêtres, grand Dieu! pour bourreaux...

Soumis à de menteurs oracles,
Voyez le Peuple souverain
Se plaire à de sanglants spectacles
Qui soulèvent le cœur humain;
Voyez-le courir, dans l'ivresse,
Au Cirque où la foule se presse
Contempler des scènes d'horreur:
Un martyr qu'on mène au supplice,
Au dieu d'enfer un sacrifice,
Ou le sang d'un gladiateur!..

Tendant la main au Fatalisme,
Qui se nourrit de visions,
Mère sans cœur du Fanatisme,
L'Ignorance marche à tâtons;
Quand l'un se fait un dieu de boue,
Dont l'Incrédulité se joue,
En l'invoquant dans ses projets,
L'autre prépare l'arquebuse

Du roi très-chrétien qui s'amuse
A tirer sur ses bons sujets.

L'homme jeté sur cette terre
Nait-il méchant et le cœur dur?
Si vous n'élargissez sa sphère,
Il rampe comme un être impur.
Masse où tout n'est qu'un amalgame
Qui pour vivre n'attend qu'une âme,
Extrayez-en le plomb, le fer;
Il est de l'or dans cette fange,
Là se cache un démon, un ange...
Là c'est le ciel, là c'est l'enfer!

Au mal l'ignorant toujours songe;
Et dans l'égout des passions,
Tout brûlant de soif il se plonge,
Le cœur rempli d'illusions!
Tout l'irrite et blesse sa vue;
Sur ses ennemis il se rue:
C'est, dit-il, par ordre d'en Haut.
De l'erreur aveugle victime,
Il se délecte dans le crime,
En jouant avec l'échafaud.

Vainement au fond de son âme
Il combat ses sens factieux...

Un prix l'attend... l'espoir l'enflamme...
A lui l'auréole des Cieux !
Soudain c'est un tigre en furie...
Il croit s'armer pour la Patrie.
Fumantes de sang ennemi,
Il a vu des mains monacales,
Servant des démences royales,
Bénir la Saint-Barthélemy !

Il ne connait rien dans sa haine
Que ce qu'il croit venir des Cieux.
Lâche, sa faiblesse l'entraîne
Dans les excès les plus honteux.
On le voit, tremblant et stupide,
Se trainant aux pieds d'un Druide,
Sacrifier à Teutatès ;
Ou dans son ténébreux asile
Consulter tantôt la Sybille
Et tantôt les sacrés poulets !

L'esprit séduit par des mensonges,
Il peuple l'univers de dieux ;
Il se fait expliquer les songes,
Et lire son sort dans les Cieux...
Il croit que tout, dans la nature,
Soumis au bâton d'un Augure,

Se meut dans un ordre si beau ;
Dans une anxiété profonde,
Pour décider du sort du monde,
Il attend le vol d'un oiseau.

Le fer en main, dans sa croyance,
Il court à l'art d'un imposteur
Se livrer avec confiance.
Pour satisfaire sa fureur,
Il tourmente, dans son délire,
D'un ennemi l'image en cire,
Et le frappe, invoquant la mort;
Il pense qu'en ses maléfices,
Son ennemi, dans les supplices,
Doit éprouver le même sort!

Vous dont les sacrés priviléges
Sont d'éclairer l'homme ignorant,
Vous n'êtes que des sacriléges,
Par l'oubli d'un devoir si grand !
De votre coupable incurie,
Vous rendrez compte à la Patrie,
Car l'ignorance est un fléau...
Et sachez qu'au siècle où nous sommes,
En face vous avez des hommes,
Et non de serfs un vil troupeau.

Partout répandez la lumière...
Pensez-vous qu'un faible rayon,
En pénétrant dans la chaumière,
Éblouisse trop la raison ?
La Nature, riche en spectacles,
Fait pour nous assez de miracles
Dans son travail mystérieux.
Quand la science les proclame,
Cessez de mentir à notre âme,
Vous qui parlez au nom des Cieux !

Un histrion, dans son audace,
Trouve des superstitieux
Prêts à croire qu'il a la Grâce,
Qu'il a commerce avec les Cieux !
Et que, dans le charlatanisme
De son ténébreux spiritisme,
Il peut même évoquer les morts ;
Ou que lisant dans son grimoire,
En tuant une poule noire
Il peut conjurer tous les sorts !

Partout, l'homme est un imbécile
Que par le nez mène un fakir ;
Il adore tout : crocodile,
Bœuf, rat, chien, chat, tapir !

Un beau jour de triomphe, à Rome,
Il fait un demi-dieu d'un homme
Qui doit boire au ciel le Nectar;
Et sur les bords sacrés du Gange,
Un éléphant blanc est un ange
Qu'avec pompe il promène en char!

Il adore tantôt la Lune,
Les Étoiles du firmament,
Tantôt le Soleil, la Fortune,
La Veau d'or et jusqu'au Serpent;
Tout ce qu'engendre la nature,
Quelle que soit sa forme impure,
Par les hommes est révéré;
Que d'adorations sans bornes!
Enfin, le Diable avec ses cornes
A son tour se trouve adoré!

Que de fois la raison s'égare!
Que de fois elle fait défaut!
On la rencontre, fausse ou rare,
Hélas! plus souvent qu'il ne faut.
Un sorcier, fou que tout excuse,
Trouve un tribunal qui l'accuse,
Et le condamne à brûler vif;
Et le pauvre ignorant succombe!

Un ignorant ouvre sa tombe :
Lequel des deux est plus fautif?

Un pauvre Juif, dans le silence,
Dit ses prières en hébreu.
Horreur ! racca ! quelle insolence !
En latin on doit prier Dieu.
Aussitôt un bûcher se dresse ;
D'y jeter le Juif on s'empresse,
Du grand *san benito* coiffé !
Il brûle ! ô spectacle effroyable !
Rien n'est, dit-on, plus agréable
Au bon Dieu qu'un auto-da-fé !

Voici Jeanne d'Arc, l'héroïne
Qui, pleine d'espoir dans sa foi
Et dans sa mission divine,
Bat l'Anglais et sauve son Roi.
Encore un bûcher qui se dresse !
Un prêtre indigne la confesse,
Prisonnière à son tribunal.
Le prêtre la juge coupable,
En publiant qu'avec le diable
Elle a fait un pacte infernal !

Ignorance ! ô funeste plaie
Qui fait de l'homme un animal,

Qui sur nos yeux met une taie,
Cause aveugle de tant de mal ;
Que de l'instruction primaire,
Comme le gaz qui nous éclaire,
Un jour sur toi brille un rayon :
Quand en progrès tout s'évertue,
Le savoir, à pas de tortue,
Péniblement trace un sillon.

Mais tous ces cultes ridicules
Inventés par des ceaveaux creux,
Vaine pâture des crédules,
Héritage de nos aïeux,
Toute fantastique légende,
Et croyance de contrebande,
S'en iront un jour à-vau-l'eau...
Quand, moins plongé dans la matière,
Le peuple aura vu la lumière,
Les yeux grand'ouverts, sans bandeau.

LE DEMI-PHILOSOPHE

ODE

Oculos habent et non vident.

Triste et chétive créature,
L'homme est pétri de vanité ;
Il se croit, malgré sa souillure,
L'égal de la Divinité !
L'orgueil seul commande à son âme,
Et d'une dévorante flamme
Il est consumé nuit et jour ;
Dans l'envie il se désespère,
Le cœur déchiré par la serre
D'un insatiable vautour.

Triste, l'esprit à la torture,
Dans une sombre anxiété,
Errant sans cesse à l'aventure,
Contre tout le monde irrité,

Il va, vient, court, tourne, s'indigne;
Et tel qu'un enfant il trépigne,
En se plaignant comme un maudit;
Troublé, tout l'ennuie et l'agace ;
Il ne peut se tenir en place,
Tel qu'un malade dans son lit.

Que de faiblesse dans les hommes !
Partout il voit des ennemis ;
A l'influence des fantômes
Nuit et jour il se croit soumis.
Dans sa tête un bruit sourd et vague
Bourdonne comme un bruit de vague
Qu'au loin répètent les échos ;
En vain il veut rompre sa chaîne,
Dans les ténèbres tout l'entraîne,
Hélas ! chez lui, c'est le chaos.

Tremblant et l'âme intimidée,
De projets le cerveau rempli,
Il n'ose embrasser une idée,
Par la crainte il est assailli ;
Dans l'ombre d'un faux crépuscule,
Il marche à tâtons, il recule,
Cherchant partout, en bas, en haut ;
Mais il se vautre dans l'ornière,

Et courant après la lumière,
La science lui fait défaut !

De la saine philosophie
Sachant à peine la moitié,
Vainement il s'en glorifie ;
Il n'inspire que la pitié.
Tant de grandeur qui l'environne,
Et dont l'éclat partout rayonne,
Est pour lui sans enseignement ;
En tout son âme rétrécie
Ne voit que la superficie,
Signe de son aveuglement.

En vain tout parle à son oreille...
Et l'esprit de Dieu sur les eaux,
Et l'univers qui se réveille
Au bruit des concerts les plus beaux,
Et la terre sortant de l'onde,
Et le soleil qui la féconde
Des feux puissants de son regard,
Et le Ciel menaçant la terre
Tremblante aux éclats du tonnerre...
Tout n'est que l'effet du hasard !

La plante qui se développe
Sous un souffle mystérieux,

La fleur qui de son enveloppe
S'élance pour charmer nos yeux,
La nymphe qui change de forme,
Le gland d'où sort le chêne énorme,
Et le brin d'herbe que Dieu fait ;
La nuit, l'étincelante étoile
Qu'à nos yeux au ciel rien ne voile,
Du hasard c'est encor l'effet !

Souvent l'homme, en son arrogance,
A moins d'instinct que l'animal ;
Il blasphème dans sa démence :
Dieu, nous dit-il, Dieu, c'est le mal.
La feuille qui jaunit et tombe,
Le cèdre qu'arrache la trombe,
Et la mort qui plane sur nous,
L'homme, cet insecte éphémère,
Veut, au fond de chaque mystère,
Pénétrer et les juger tous.

La terre en fleurs qui se ranime,
De feuilles se parant nos bois,
Des astres la marche sublime,
Pour lui tout s'accomplit sans lois....
Il est sourd de toute harmonie,
Et d'une puissance infinie

Il n'aperçoit que le profil ;
Il voit tout à travers un prisme,
Du Ciel pour lui le mécanisme
N'est que hasard, hasard ! dit-il.

Ici-bas, où tout n'est que lutte,
S'il succombe il n'a jamais tort,
Il accuse tout de sa chute ;
Si ce n'est pas Dieu, c'est le Sort.
Lâche, sans pudeur, sans croyance,
Cédant à la vaine apparence,
Tout est pour lui fatalité ;
Tout au monde est aléatoire,
Rien n'est bien, et, s'il faut le croire,
Tout marche en pleine cécité.

Si de plaisirs son âme ardente
N'étreint qu'une ombre en son erreur ;
Si par la fortune inconstante
Il est trahi dans son bonheur ;
Si dans ses projets chimériques,
Nés de calculs problématiques,
Il ne gagne pas le gros lot,
Trompé dans sa folle espérance,
Il se dit : je n'ai pas de chance,
La Providence n'est qu'un mot !

S'il a la fièvre ou la migraine,
S'il pleut, s'il fait chaud, s'il fait froid,
Si l'air est doux, s'il se déchaîne,
Tout trouble son esprit étroit;
De tout il faut que Dieu réponde,
Des misères de ce bas-monde,
Du purgatoire et de l'enfer;
Il faut que le ciel et la terre,
Et tout le monde planétaire,
Tournent pour le plaisir d'un ver.

Ainsi, dans son orgueil extrême,
Il se redresse avec fierté,
Et par lui d'un nouveau système
L'Univers se verra doté.
Il veut monter à l'Empyrée,
Y ravir la flamme sacrée
Qui doit combler tout son espoir!
Tandis qu'au Ciel portant la vue,
Il cherche la voie inconnue,
Dans un puits il se laisse choir.

Chacun rit de sa lourde chute....
Il se relève avec hauteur....
N'importe, aux sarcasmes en butte,
Il se pose en libérateur!.....

Peuples, dit-il, non, plus d'ilotes;
Sur la tête de vos despotes
Bientôt l'orage va crever.
Peuples, par ma philosophie
Va tomber votre chaîne impie,
Et l'humanité se sauver!

Qu'est-ce que Dieu? la Providence?
La cause de tous vos fléaux;
Suivez ma sublime ordonnance,
Et vous guérirez de vos maux.
Peuples, suivant la prophétie,
En moi vous voyez le Messie.....
Ce mot refroidit tout élan,
Et le bout de l'oreille perce;
La foule aussitôt se disperse,
Et seul reste le charlatan!

Tel est le demi-philosophe!
Il a des yeux pour n'y point voir;
Sous ce manteau de mince étoffe,
C'est un fou qui croit tout savoir.
Il se rit des choses sacrées,
Par des milliers d'ans consacrées,
Que nous suçons avec le lait;
Mais une erreur, la plus profonde,

Nous pose aux yeux d'un certain monde,
Et l'originalité plaît.

Soyez le plus franc hérétique,
Aux religions étranger,
Ne craignez rien de ma critique....
Il est un Dieu ! dit Béranger.
Soyez Turc, suivez l'islamisme ;
Indien, croyez au boudhisme,
La secte m'importe fort peu ;
Mais le philosophe qui prie,
Et qui modeste s'humilie,
Partout est agréable à Dieu !

Mais le prêtre qui, pour le monde,
Déserte l'église et l'autel,
Qui de David saisit la fronde
Et combat pour son temporel,
Qui, plein d'arrogance et sans crainte,
Aux lois de César porte atteinte
Et se met en rébellion,
Qui sans cesse s'agite, intrigue,
Prêt à faire une sainte Ligue,
Aux yeux de Dieu n'est qu'un brouillon.

Des vertus donnons tous l'exemple :
Sous la tente, au camp, le soldat,

Le clergé toujours dans son temple,
Le citoyen, l'homme d'État.
Ne donnons pas dans l'utopie,
Prions Dieu, faisons œuvre pie;
Sagement suivons le progrès;
Entre telle et telle marotte,
Évitons que l'esprit ne flotte,
Et tâchons tous de vivre en paix!

LES APPARENCES

ODE

Oui, l'homme a plus que des caprices...
Souvent chez lui ce n'est que fard ;
Il a des travers et des vices
Qu'il sait déguiser avec art ;
Vrai mime, il change sa tournure ;
Le matin, qui voit sa figure
Ne la reconnaît plus le soir :
Le front calme, le cœur en flamme,
Les yeux, des sentiments de l'âme
Ne sont pas toujours le miroir.

Dans ce monde, vaste théâtre,
Selon son rôle se grimant,
Depuis le prince jusqu'au pâtre,
Chacun dit et pense autrement.

A chaque phase de la vie,
Nouvel acte de comédie,
Le dénoûment est le tombeau.
Pâle, vive, triste, enjouée,
La pièce bien ou mal jouée,
La mort vient baisser le rideau.

D'un soleil dont le cours s'achève,
L'intrigant est-il en émoi,
Il court, au soleil qui se lève,
Tout empressé porter sa foi.
Il lui faut tout, coûte que coûte ;
Tout rit au flatteur qu'on écoute,
De la Fortune favori !
Toujours aux pieds de son idole,
Il sait si bien jouer son rôle,
Qu'il en est le mignon chéri !

Pour cacher, lorsqu'elle caresse,
Un faux sourire, un faux regard,
De feindre avec certaine adresse
La flatterie inventa l'art.
Pour plaire il n'est rien qu'elle n'ose ;
Souple, elle se métamorphose,
En prenant un masque nouveau ;
Sans volonté, lâche et rampante,

Elle rit, pleure, danse, chante,
Et se courbe comme un roseau.

Où porte ses pas cette foule?
Spectacle des plus amusants!
Lentement elle se déroule:
Sous nos traits passez, courtisans...
Grand Dieu! quelle piteuse mine!
Tristement chacun s'achemine
D'un pied inégal à la Cour...
Hier la démarche hautaine,
Aujourd'hui d'où vient cette gêne?
Le roi boite... depuis un jour!

Obéissant à sa nature
Demain notre caméléon,
Sans rougir changera d'allure,
Pour plaire sur un autre ton.
Il arrondit son enveloppe,
Et se travestit en Ésope,
Ou penche le cou de côté;
Il se cache un œil pour la forme,
Se fait petit, se rend difforme,
Si le veut la nécessité [1].

[1] L'histoire rapporte que Philippe, roi de Macédonie, perdit un œil à la guerre. Ses courtisans se présentèrent à la Cour

Sous la simarre, sous le casque,
Sous le froc et sous le manteau,
Que voyons-nous ? souvent un masque,
Qui trompe, comme le fourreau
Dont l'éclat plus vif que la flamme,
Nous cache une méchante lame
Que la rouille ronge aux bords ;
C'est ainsi qu'une âme fanée,
Par la souillure profanée,
Se trouve dans le plus beau corps !

Pénétrons sous les riches dômes
De ce palais majestueux :
Un essaim de femmes et d'hommes,
S'y livrent aux plaisirs, aux jeux...
La folle joie est sur leurs lèvres,
Que l'amour brûle de ses fièvres...
Le délire trouble les cœurs ;
Dans la vaste et splendide salle,

avec un emplâtre sur l'œil. Alexandre-le-Grand, son fils, portait la tête penchée à gauche ; ce défaut lui rendait l'épaule droite un peu ambitieuse. Ses courtisans cherchaient à l'imiter pour lui plaire. Je ne me rappelle plus le roi boiteux.

Le grand Frédéric avait le dos voûté... Maupertuis et Voltaire... Pour Maupertuis ;... quant à Voltaire...

Je ne jurerais pas qu'à Frorsdorff même, il n'y eût qui marchât *claudopède*. Quoi qu'il en soit, on voit que la flatterie sait se plier à tout.

Un parfum de bonheur s'exhale,
Mais un serpent est sous les fleurs.

Ces visages si frais, si roses,
Animés par la passion,
Ces fleurs, dans ces vases écloses,
Hélas! mensonge, illusion.
Vaine apparence! l'imposture
Prend la place de la nature,
Et nous fascine ainsi les yeux...
Le fard colore cette joue,
Et l'air, qui dans ces fleurs se joue,
N'agite qu'un papier soyeux.

Quelle est cette beauté divine,
Reine d'une brillante cour?
Admirez sa taille si fine,
Son sein, chef-d'œuvre de l'amour...
Pur mensonge! apparence vaine!
Dans une prison de baleine
Elle pleure sa liberté;
Chez elle tout n'est qu'artifice;
Qu'un fil se rompe, et l'édifice
Croule avec la divinité!

Aux traits moins jeunes, moins superbes,
Cette femme, jadis beauté,

Paraît comme certaines herbes
Qui verdissent après l'été.
Elle sourit encor,... mensonge !...
Le désespoir jaloux la ronge :
Elle montre de fausses dents...
De nos Antinoüs volages,
Sa fille reçoit les hommages :
Les beaux jours seuls font le printemps !

Et du genre humain, sans scrupule,
Voyez la plus belle moitié
Se rendre, à plaisir, ridicule
Et n'inspirer que la pitié !
Mettant son corps à la torture,
Donnant le change à la nature,
Courant après le ton nouveau,
S'enroulant dans une machine
Énorme, dite crinoline,
Et se donnant l'air d'un tonneau !

On veut corriger la nature !...
Dans ses formes, à sa beauté,
L'art donne toute autre tournure :
On rougit de la vérité.
Et, comme une idéale image,
Au pastel on fait un visage,

On peint même jusqu'à son chien.
On ne se plait qu'au ridicule ;
La Critique, avec sa férule,
A beau faire, elle n'y peut rien.

Cette vierge à l'épaule nue
Pâle, immobile, aux yeux d'azur,
Parait là comme une statue
Qui décore l'angle d'un mur.
Elle n'a vu l'amour qu'en songe...
Elle est calme, froide... mensonge !
Elle est en proie à mille feux...
Et volcan, qu'elle dissimule,
La lave dans son sein la brûle
Et fait des ravages affreux.

Que de fois on cache ses peines
Sous le vernis de la gaîté,
Et qu'on porte de lourdes chaînes
Sous un semblant de liberté !
Pour couvrir sa mauvaise étoffe,
Ah ! du manteau de philosophe
Que souvent l'homme s'est vêtu !
Et que de fois l'hypocrisie,
Pour se sauver de l'infamie,
A pris les traits de la vertu !

Jamais à l'objet que l'on aime
Se montre-t-on ce que l'on est?
Et l'amitié, pour être extrême,
Est-elle ce qu'elle paraît?
Et l'amour qu'on aime d'entendre
En son langage vraiment tendre,
Le traître! que de fois il ment!
L'amour n'a-t-il pas ses grimaces,
De feints transports, de feintes grâces,
Pour tromper un cœur innocent?

Jusqu'au cœur de la sacristie,
Asile de tous respecté,
Dieu, par l'indigne hypocrisie,
Dieu même n'est pas écouté!
Feignant que le ciel l'illumine,
L'orgueil au fond du cœur la mine;
Elle ne saurait vivre en paix.
Tel Tartufe, en masque sévère,
Oubliant son saint caractère,
Médite les plus noirs forfaits.

Au Pactole courent les hommes!
Chacun veut boire de ses eaux;
Dans leur soif, au temps où nous sommes,
Tous veulent y puiser à seaux.

Des charlatans, race à scandale,
De la pierre philosophale
Vont préconisant le secret !...
Vous donnez votre or à mains pleines,
Et vous recueillez pour vos peines
De la boue au fond du creuset.

Que d'orgueil ! que de petitesses,
De puériles vanités !
Partout la soie en riches tresses
Cache d'anciennes nudités !
Dans ce char des plus magnifiques
Traînant l'âne avec ses reliques,
Où va ce mortel des plus lourds ?
Jadis il vendit des aiguilles,
Et l'on voit encor ses guenilles
Sous l'habit brodé de velours.

Cet insolent, dans son ivresse,
Un pauvre diable, un parvenu,
A pris des titres de noblesse,
Lui qu'on vit naguère tout nu !
Son humble passé le poignarde...
Le souvenir de sa mansarde
Rembrunit son front soucieux ;
Soulevez son manteau d'hermine,

De noires traces de vermine
Sillonnent tout son corps lépreux.

Tel puissant personnage en place
Vous accueille plein de bonté,
Même avec une exquise grâce;
Vous en êtes tout enchanté!
Il est tout à votre service;
Il vous parle sans artifice,
Le cœur sur la main, sans détour.
Langage gonflé d'hyperboles!
Croyez à ses belles paroles
Qu'on nomme eau bénite de cour!

Tel autre (la race en pullule),
Flatteur outré, le cœur de fiel,
Sait l'art de dorer la pilule;
Sa bouche distille le miel,
Il vous dresse un piége funeste;
Cet homme est pire qu'une peste.
Adroit faiseur de mauvais tours,
Son langage est plein de finesse;
Quand doucement il vous caresse,
Sa main fait patte de velours.

Que de faussetés dans ce monde!
L'alliage impur ternit l'or,

Poli, brillant, le plomb abonde...
Eh! qui possède un vrai trésor?
En face on s'aime, l'on s'admire;
En arrière l'on se déchire...
L'alliage est dans les vertus.
Par l'adroite coquetterie,
Sous le fard de la pruderie,
Que de nœuds sacrés sont rompus!

Un beau jour, d'un ange candide
Le ciel fait don à votre cœur;
Dans cet objet tendre et timide
Vous mettez tout votre bonheur!
Sa douceur et sa modestie
Font le charme de votre vie...
Mais l'enfer est à la maison;
Et cette colombe si pure,
Cette adorable créature,
Tout à coup se change en démon!

Ainsi les sables d'Arabie
Sous l'eau semblent cacher Ammon;
Ainsi la terre au ciel unie
Semble au loin borner l'horizon;
Ainsi trompés par le mirage,
Nous nous contentons de l'image

Comme d'une réalité.
Oui, tout enfin n'est qu'apparence ;
Le mensonge étend sa puissance
Où doit régner la vérité !

LE GÉNIE

ODE

Quand un rayon du ciel vient éclairer son âme,
L'homme grandit, s'élève, il paraît inspiré ;
Dans ses veines il court une secrète flamme,
Et de nobles désirs il se sent dévoré.
Mais sa raison intimidée
Caresse souvent une erreur ;
Et s'il est frappé d'une idée,
Ce n'est qu'en sa faible lueur.

De sa robe de fleurs la Nature parée,
Le doux parfum des champs, répandu dans les airs,
L'étonne, le saisit, et son âme enivrée
Contemple avec transport l'œuvre de l'Univers.
Une fournaise est dans sa tête ;
Pour lui ce spectacle est si beau !

Il pense... il rêve une conquête
Qui doit sortir de son cerveau.

Dans ce monde inconnu que son regard embrasse,
Il voudrait pouvoir lire en ses pages de feu ;
Mais tout, dans ses efforts, l'arrête et l'embarrasse ,
Il craint de s'égarer et d'interroger Dieu...
Mais de sa puissance infinie
Il sent un effet précurseur,
Qui l'avertit que son génie
Doit le rendre un jour créateur.

Les ténèbres ont fui... l'homme a brisé ses langes !..
Aussitôt à son aide appelant la raison,
Il plane dans les airs sur les ailes des anges...
Et de ses yeux trompés recule l'horizon...
Il franchit des routes nouvelles
Et, mesurant les vastes cieux...
Leur ravit les lois éternelles
Du cours des astres radieux [1].

Du cristal en son tube il change la puissance,
Et d'un monde nouveau son œil observateur ,
Dans la mousse des champs découvre l'existence!...
De Dieu l'insecte même atteste la grandeur !

[1] Le télescope, l'astronomie.

Et sur la plante parasite
Que nos pieds foulent dans les bois,
Une nation vit, s'agite,
Comme nous soumise à des lois [1].

Que, la nuit, à ses yeux l'étoile soit voilée,
Navigateur habile, attentif à l'aimant,
Sur le frêle plancher d'une maison ailée
Il brave le courroux du perfide élément [2].
Et dans l'audace sans émule,
Malgré les vents, les flots amers,
Porte les colonnes d'Hercule
Aux confins d'un autre univers [3].

Sur l'émail éclatant, à distances égales,
Il divise le temps, guidé par le soleil ;
Et de l'acier qui court sur les heures fatales
Cache le mouvement dans un simple appareil [4]..
Par une magique conquête,
Peintre ingénieux, sans pinceaux,
Ses doigts, sans couleurs ni palette,
Transforment la laine en tableaux [5].

[1] Le microscope. — [2] La boussole. — [3] La navigation, la découverte de l'Amérique. — [4] L'horloge, la montre. — [5] Les tapisseries des Gobelins.

Il s'affranchit du joug des antiques routines;
Son souffle fait crouler les systèmes bâtards
D'outils cyclopéens; de puissantes machines
Il dote tour à tour l'Industrie et les Arts.
Il fait jaillir l'eau de la terre,
En lui creusant un nouveau lit [1],
Et fait pénétrer la lumière
Dans les ténèbres de la nuit [2].

Le papyrus n'est plus... la cire est éclipsée [3]...
Le nouveau papyrus, par des signes nouveaux,
En parlant à nos yeux retrace la pensée
Avec l'aide d'un style, emprunt fait aux oiseaux [4].
En bataillons, le plomb mobile,
Pressé par un art merveilleux,
Multiplie un écrit par mille
Et le fait voler en tous lieux [5].

Dans un coffre de fer, aux étroites murailles,
Quelle main d'un volcan enchaîne la fureur?
La lave qu'il contient au fond de ses entrailles
Aux campagnes est loin d'inspirer la terreur.

[1] Les puits artésiens. — [2] Le gaz. — [3] Différentes manières d'écrire des Égyptiens, des Grecs et des Romains. — [4] Le papier, l'écriture, la plume. — [5] L'imprimerie.

Livrée à sa force expansive,
La locomotive fend l'air ;
Aussitôt partie, elle arrive...
Dans les cieux moins prompt est l'éclair [1].

Par quelle attraction de l'un à l'autre pôle,
Les peuples rapprochés se donnent-ils la main ?
Tout obstacle est vaincu... vers chaque métropole
Triomphe en serpentant et rayonne un chemin.
Plus de déserts, de champs stériles ;
Partout, s'étendant en réseaux,
Le fer transporte au loin des villes
Glissant comme sur des canaux [2].

Les adeptes menteurs d'une science obscure
Ont cru trouver de l'or au fond de leurs creusets [3] ;
L'or est dans la science où vient l'Agriculture
Puiser les éléments de ses féconds progrès [4].
De sa couronne triomphale
L'or brille à son front étoilé ;
Et la pierre philosophale
Est dans les flancs d'un grain de blé [5].

[1] La vapeur, la locomotive. — [2] Les chemins de fer. — [3] L'alchimie. — [4] La charrue à vapeur, la moissonneuse, la couronne d'épis, etc. — [5] La chimie appliquée aux arts et à l'agriculture.

Dans une chambre noire, en silence, un mystère
Sans efforts est conçu par un subit effet ;
Quel pouvoir, à son gré, maîtrisant la lumière,
Lui fait improviser un tableau d'un seul jet [1] !
Qui rend la mer calme et captive [2],
Et d'un fleuve au loin répandu,
Enchaîne et l'une et l'autre rive
Par le fer en arc suspendu [3] ?

Un foyer volcanique en sa brillante flamme,
Dans l'ombre de la nuit scintille sur les flots ;
Et secondant en mer les efforts de la rame,
A travers les écueils guide les matelots !
Signal quand le danger presse,
De leurs yeux éloignant la mort,
Leur rend l'espoir dans la détresse,
Et sains et saufs les mène au port [4].

L'acier, que le burin, dans une main habile,
Sillonne en tous les sens en y creusant ses traits,
En reproductions est loin d'être fertile...
La pierre à ses côtés se place avec succès.
Si l'un lève sa tête altière
Dans les palais, dans les châteaux,

[1] La daguerréotypie, la photographie. — [2] Les ports. — [3] Les ponts en fil de fer. — [4] Les phares lenticulaires.

Humble, l'autre, de la chaumière
Orne les murs de ses tableaux [1].

Sybarites, ô vous qui, dans l'insouciance,
Coulez des jours remplis de joie et de bonheur;
Quel Dieu pour vous prodigue, en sa munificence,
Vous fait de doux loisirs, si chers à votre cœur?
Quand sur votre couche de soie,
La rose s'effeuille sans pli,
Aux tourments le génie en proie,
Sous les combles vit dans l'oubli.

Et chacun, sans pudeur, de ses plumes se pare:
Un instant il a cru mériter des autels;
Mais, vain espoir! traité par une main barbare,
Il meurt, triste jouet des avides mortels...
Ainsi ces insectes immondes,
Les frelons, rebut odieux,
Du miel des abeilles fécondes,
Se font un butin précieux.

Quel prix le sort réserve à ces hommes d'élite
Qui lèguent leurs travaux à la postérité;
Que Dieu, de loin en loin, sur la terre suscite,
Pour la gloire d'un peuple et de l'humanité!

[1] La gravure, la lithographie.

Les fils du Dieu de la lumière
Ont éclairé, par des progrès,
Nos faibles pas dans la carrière,
Et nous vivons de leurs bienfaits !

Par eux ont à jamais disparu les distances;
Par eux plus de sentiers inconnus aux humains;
Un jour des vents fougueux domptant les résistances,
Nous irons dans les airs nous frayer des chemins.
Nous verrons au fond des nuages
Des vaisseaux traçant leurs sillons,
Porter, en des mers sans rivages,
Les flammes de nos pavillons [1].

L'air, le feu, la vapeur, tout à la fois s'agite,
Et l'homme est en travail d'un nouvel univers;
Le temps est dévoré, le monde est sans limite,
A des ailes de feu s'ouvre le sein des mers [2].
C'est l'électricité qui vole,
Qui va, vient de la terre aux cieux,
Emporte saine la parole
A tous les instants, en tous lieux [3].

Vous dressez des autels à de vaines images,
Vous avez le veau d'or en adoration !

[1] Les aérostats, la navigation aérienne. — [2] La télégraphie sous-marine. — [3] Les lignes télégraphiques.

Au stupide ignorant, l'encens et les hommages ;
Au sublime inventeur, la faim et la prison.
Luttant contre la mort sur l'onde,
L'immortel Christophe Colomb,
Semblable à Dieu, vous donne un monde,
Un autre lui donne son nom.

Un homme, encor un dieu, dans ses mains prend la
[terre
Jusqu'alors condamnée à l'immobilité,
La lance dans l'espace au monde planétaire,
Et lui dit : tourne, va... telle est ma volonté !..
Et la mort déjà le menace !
Troubler l'ordre de l'Univers,
L'œuvre de Dieu ! c'est trop d'audace!....
Qu'il soit la pâture des vers [1].

Laissez s'ouvrir pour vous les pages de l'Histoire,
Vous que le sort heureux comble de ses faveurs :
Honorer le mérite est un titre de gloire,
Des sciences, des arts, soyez les protecteurs.
C'est à vous de briser leurs chaînes
Et d'encourager leurs succès ;
O grands ! comme jadis Mécène,
Au génie ouvrez vos palais.

[1] Galilée...

Vous, lâches intrigants, saluez la lumière;
La lumière, c'est Dieu! Que ses divins bienfaits
Se répandent à flots sur la nature entière ;
Rentrez dans le néant, ennemis du progrès!
Arrière donc! place au Génie!
Cessez d'arrêter son essor.
Oui, l'humanité vous renie,
Descendez de vos trépieds d'or.

Hommes de cœur qu'anime une divine flamme,
Les cieux vous sont ouverts, poursuivez vos travaux;
Désormais que l'espoir descende dans votre âme,
Et cessez de gémir sur le sort des de Caux [1] !
Le Ciel protége un Prince auguste,
De toutes nos gloires jaloux;
Comptez sur son cœur noble et juste;
C'est un Dieu qui veille sur vous!

[1] Premier inventeur de la vapeur, que Richelieu traita comme fou, et qu'il fit jeter en prison, où il mourut.

LE TEMPS

ODE

Le temps fuit, sa faux homicide
Moissonne nos rangs sans pitié ;
Il fuit! et dans son vol rapide
Emporte amour, joie, amitié!
Chaque pas, nouvelles victimes
Qu'il entraine dans les abîmes :
Qui pourrait compter ses martyrs !
Il dessèche tout ce qu'il touche ;
Qu'il a de fois à notre bouche
Brisé la coupe des plaisirs !

De l'avenir que l'on colore,
Qui, dans la riante saison,
Heureux ne caresse l'aurore ?
Mais, ô trompeuse illusion !

Quel destin le ciel nous prépare !
L'imagination le pare
De tous les attraits du bonheur ;
Nos désirs fougueux sont sans trêve...
Tout à coup l'or de notre rêve
Se change en plomb dans notre erreur !

Qui sur la croix le Temps ne cloue !
Pour nous nuire il est sans repos ;
De tous nos projets il se joue :
Ils avortent à peine éclos.
Nuit et jour à notre poursuite,
Sur la terre nul ne l'évite,
Sa faux sert trop bien son courroux !
Et sur nos têtes suspendue,
Un fil retient sa pointe aiguë,
Toujours prête à tomber sur nous.

Que de fois, loin de nous complaire,
Le Temps se traîne lentement!..
Que de fois à nos vœux contraire
Le Temps s'enfuit rapidement !
Si le profond chagrin nous mine,
Vieillards, paresseux il chemine,
Et se plaît à compter ses pas.
Si nous nous livrons à la joie,

Il a des ailes qu'il déploie,
Il vole et ne s'arrête pas.

Son souffle funeste nous glace
Comme le givre de l'hiver,
Et des chairs ride la surface:
Ainsi le vent ride la mer.
Tout décrépit, la tête blanche,
Il tombe comme une avalanche,
En se ruant sur les mortels;
Ainsi nous devenons sa proie;
Ainsi sous ses pieds il nous broie....
Tels sont les décrets éternels!

Vous qui rêvez les jouissances
Et qui, livrés à vos plaisirs,
Amassez des trésors immenses,
Pour satisfaire vos désirs;
Dans vos festins où l'or s'étale,
Rappelez-vous Sardanapale
En ses voluptueux instants!
Fut-il destin plus désirable!
Mais la Mort s'assied à sa table....
Pouvons-nous compter sur le temps!

En vain lui faisons-nous la guerre;
Il va sans ralentir son pas;

Nous sommes maîtres du tonnerre,
Du Temps nous ne le sommes pas.
En vain agissons-nous de ruse,
Pour le tromper tout notre art s'use....
A le déguiser rien ne sert:
Ni le fard, ni les feintes grâces,
N'effaceront jamais les traces
Que nous font ses ongles de fer!

Pour le Temps, point de privilége,
Et les épis humbles et hauts,
Malgré l'abri qui les protége,
Sont tous dispersés par sa faux.
Qui peut réparer ses outrages?
Partout il répand ses ravages,
Pour nous implacable fléau!
Et le bronze, ainsi que la pierre,
Sa main réduit tout en poussière....
L'homme pour lui n'est qu'un roseau!

Le mortel que l'ennui dévore
Voit le temps longuement s'enfuir,
Accablé qu'il est, dès l'aurore,
Du triste poids de son loisir!
Que ne peut-il de la pendule
Hâter l'aiguille qui circule!

Il s'endort : que de jours perdus !
Et toujours l'heure précieuse !
L'heure marche silencieuse...
Le temps fuit et ne revient plus !

Pour nous le Temps est sans oreilles,
Il se rit des faibles humains ;
Dans nos loisirs et dans nos veilles,
Nous sommes toujours dans ses mains.
Contre lui nos plaintes sont vaines ;
A le retenir dans nos chaînes
Cessons de nous évertuer :
Méditant dans la solitude,
L'âme calme et tout à l'étude,
Le sage seul peut le tuer.

LE BONHEUR

ODE

Au Jour de l'an qui recommence,
On nous voit, la main sur le cœur,
Courant partout, comme en démence,
Nous souhaiter tous le bonheur
De couler des jours dans la joie,
Toujours filés d'or et de soie,
Priant Dieu d'exaucer nos vœux !
Mais quel mortel, dans son voyage,
Au bout de son pèlerinage,
Peut dire, hélas ! qu'il fut heureux ?

Toi qu'on poursuit avec constance,
Et que nous n'atteignons jamais ;
Toi qui souris à l'espérance,
Dans l'attente de tes bienfaits ;

Dans quelle retraite profonde,
O Bonheur ! dans quel coin du monde
Faut-il aller pour te saisir ?
Es-tu pour nos cœurs impossible ?...
Ou mystérieux, invisible,
A nous tromper prends-tu plaisir ?

Existes-tu sur notre terre ?
Nous faut-il espérer en toi ?...
Mais n'es-tu point une chimère,
Ne ris-tu pas de notre foi ?
Ta forme est-elle insaisissable,
Fine comme le grain de sable
Qui des doigts s'échappe en glissant ?
Condamnés au sort de Tantale,
Es-tu pour nous l'onde fatale
Aux feux d'un désir impuissant ?

Pour acquérir on s'inquiète !...
On possède, on désire encor :...
La soif est-elle satisfaite !
O Bonheur ! tu n'es pas dans l'or.
Et l'on se morfond à t'attendre !
Nul mortel ne veut te comprendre !...
A nos côtés, devant nos yeux,
Tu nous souris en bon génie ;...

Mais on t'évite, on te renie
Dans l'espoir qu'on trouvera mieux.

Quoi ! par les couleurs du mensonge
Flatterais-tu l'humanité ?...
Je te vois, non comme en un songe,
Mais comme une réalité.
Partout je te vois apparaître...
On te heurte sans te connaître,
A tout instant, à chaque pas...
Et cependant jusqu'à la tombe,
Chacun, au moment qu'il succombe,
T'appelle en te tendant les bras.

Dans l'abondance ou la détresse,
Sous le chaume, au milieu des cours,
Après toi tous courent sans cesse,
Et tu leur échappes toujours.
Ici, là-bas, autour de l'onde,
Aux sources d'or, au Nouveau-Monde,
Partout on te cherche, ô Bonheur !
On t'attend depuis le déluge...
Et pourtant tu n'as qu'un refuge,
Et ce refuge est notre cœur !

C'est là que cette fleur se cache,
Là qu'elle aime à s'épanouir ;

Là, si l'on veut qu'elle s'attache,
D'ambroisie il faut la nourrir.
La paix l'entretient toujours fraîche ;
Mais le moindre vent la dessèche
Et lui ravit tous ses attraits ;
Elle craint les sombres nuages;
Dans les cœurs livrés aux orages,
On ne la vit fleurir jamais.

Aux passions qui nous égarent,
Faible mortel ferme ton cœur ;
Tous les maux qu'elles nous préparent
Sont les ennemis du bonheur.
L'ambition qui nous dévore,
Ne nous éveille avant l'aurore
Que pour servir nos vains projets,
Et n'entretient en nous sa flamme
Que pour plus tôt plonger notre âme
Dans l'amertume des regrets.

Chasse toute idée importune
Qui trouble en nous la paix du cœur ;
Les vertus et non la fortune
Font ici-bas le vrai bonheur.
Mortel ! ailleurs tout est mécompte ;
Seul est fort celui qui se dompte

Et ne craint point ses ennemis ;
Comme heureux et riche est le sage
Qui sait, en s'armant de courage,
Mettre un frein à ses appétits.

De ton cœur arrache l'envie,
Cherche ta gloire sans fracas ;
Au travail, trésor de la vie,
Livre ton esprit et tes bras ;
Mortel ! dans la sphère modeste,
Si la paix de l'âme te reste,
Avec fierté dis avec moi :
Quel que soit l'éclat de son trône,
Et la pompe qui l'environne
Oh ! je suis plus heureux qu'un Roi !

LE MONDE

ODE

Quel grand théâtre que le monde !
Que de rôles y sont joués !
En acteurs divers il abonde....
Fourbes, sots, tristes, enjoués....
Sujet de pleurs pour Héraclite,
Mais pour le railleur Démocrite,
Sujet d'éternelle gaîté....
Ici-bas que d'anomalies !
De nos erreurs, de nos folies,
Le cœur doit-il être attristé ?

Sur la scène, en place publique,
Où tout se mêle et se confond,
Que se passe-t-il de comique ?
Tout n'est-il pas plaisant au fond ?

Voyez, dans notre fourmillière,
Partout, en avant, en arrière,
Chacun précipiter ses pas...
Que l'un arrive et prenne place,
Aussitôt un autre le chasse,
Pour lui-même rouler en bas.

C'est ainsi qu'on voit, dans la plaine,
Une ardente course au clocher,
Où tous volent à perdre haleine,
Plus prompts que le trait d'un archer.
Qu'en tombant un coursier s'écarte,
Comme des capucins de carte
L'un sur l'autre tombe en roulant.
La foule en riant se retire....
Quel pinceau pourrait nous décrire
Ce spectacle désopilant !

Que de mortels sur cette terre,
En proie aux plus lâches penchants,
Cherchent à sortir de leur sphère,
Dans leurs vœux plus fous que méchants !
Pour grossir sa petite taille
A s'enfler qui ne travaille,

Dût-il en crever comme un sot ?
Pour devenir millionnaire
Qui ne se fait Robert-Macaire ?
Nul n'est satisfait de son lot.

Et ceux qui, pleins de gloriole
Pour de médiocres talents,
Pensent monter au Capitole
Et des dieux mériter l'encens !...
Ah ! combien l'homme s'en impose !
Qui ne rêve l'apothéose
Des demi-dieux Olympiens !
De lauriers ils ceignent leurs têtes,
Mais l'art coule leurs statuettes
En chétifs Lilliputiens.

Qu'il est grand le siècle où nous sommes !
Partout des vivats, des bravos,
En l'honneur de tous ces grands hommes,
Au loin fatiguent les échos...
En papier la photographie
Au plâtre fragile s'allie
Pour dresser des milliers d'autels...
Mais dans les airs la foudre gronde,
Les nuages crèvent, et l'onde
Dissout les pauvres immortels !

Il est une fièvre indomptable,
Qui ronge et dessèche les cœurs :
L'ambition insatiable,
La soif de l'or et des grandeurs.
Que de pitoyables faiblesses,
Que de comiques petitesses,
A se donner un certain air !
Pour soutenir sa préséance,
Chacun veut avoir pris naissance
Dans le cerveau de Jupiter.

Et tel faquin ainsi se carre,
Tout fier des vertus qu'il n'a pas ;
Des plumes du paon il se pare,
Et toise tout du haut en bas...
L'or, qu'avec orgueil il étale,
Hélas ! n'est que du chrysocale ;
Il est loin d'éblouir les yeux :
Ses parchemins problématiques,
De la veille titres antiques,
Ne trompent point sur ses aïeux.

Sages, riez de ces pygmées,
Pantins dansant à l'unisson ;
Enivrés de vaines fumées,
Qu'ont-ils fait tous de leur raison ?

Riez de ces têtes frivoles ;
Riez, c'est toujours mêmes rôles,
Mêmes tours et mêmes jongleurs ;
Toujours même palinodie....
Le monde est une comédie
Dont nous sommes tous les acteurs.

A MESSIEURS

DE L'ACADÉMIE FRANÇAISE[1]

C'est assez abuser de votre droit d'aînesse....
Il faut vous relever du péché de paresse...
La tâche est rude ! allons !.. le sort en est jeté !
Le ciel me soutiendra dans ma témérité.

Quoi ! lorsque autour de nous tout change, et que le monde
Subit depuis longtemps une crise profonde ;
Que son sein déchiré par tant d'ébranlements,
N'offre de tous côtés que bouleversements ;
Quand les trônes sapés, avec fracas s'écroulent,
Que des temps tout nouveaux devant nous se déroulent,
Pareils à ces rochers, l'effroi des matelots,
Vous verriez, en riant, les ravages des flots ;

[1] Cette épître a été publiée en 1862, par le journal le *Midi artiste*, de Toulouse.

Cloués dans vos fauteuils, à l'état de fossiles,
Seriez-vous transformés en bornes immobiles?

Quand le progrès humain, chassant l'obscurité,
Fait pénétrer partout la plus vive clarté;
Que le monde savant s'inonde de lumière,
Que pour lui dans les cieux il n'est point de barrières;
Lorsqu'il lit couramment dans ces pages de feu
Où brille avec éclat la puissance de Dieu;
Que les arts honorés, dans leurs puissantes flammes,
Se propageant au loin, électrisent les âmes;
Qu'on voit avec orgueil l'instruction fleurir,
Se populariser, prospérer et grandir;
Qu'aux sciences la France, au monde sans émule,
Élève des autels où le feu sacré brûle,
Vous semblez au progrès donner un démenti,
Comme si, dans sa marche, il s'était ralenti.

Des Lettres tous les jours quand le foyer s'augmente,
Pour les représenter est-ce assez de quarante?
Pour fabriquer encore un ouvrage incomplet,
Êtes-vous même assez?... Ce que vous avez fait
Est loin de mériter la couronne olympique.
Votre Dictionnaire est chose chimérique.
Ce guide devrait-il contenir tant d'erreurs?
Que de mots incorrects égarent les lecteurs!

Vantez-vous maintenant de votre bel ouvrage,
Sixième enfantement d'un grand aréopage !

Vous n'avez rien compris à votre mission ;
Aussi, sans demander votre permission,
La langue, de liens longtemps enveloppée,
S'est, disons-le tout haut, sans vous développée ;
S'élevant sans votre aide, elle a pris son essor,
Laissant loin derrière elle un impotent Mentor,
Et faisant du chaos naître enfin l'harmonie,
Sur le monde elle voit rayonner son génie [1] !

Vous avez gaspillé votre précieux temps
En des solennités où, comme des enfants,
L'un à l'autre on se donne, à travers le visage,
De grands coups d'encensoir selon l'antique usage ;
Où, pris, un certain jour, de belle passion
Pour la langue d'Oc même, autrement le Gascon,
Vous avez honoré l'idiome barbare
Que l'on parlait jadis sous les rois de Navarre ;
Où, dans un long rapport, plein de touchants récits,
On donne à la vertu des médailles de prix,
A l'imitation du maire de Nanterre,
Couronnant tous les ans l'équivoque rosière.

[1] Que de dictionnaires ont paru en dehors de l'Académie française !

Est-ce tout ? Non, ma foi ! reste le grand concours ;
Le poète vainqueur et son heureux discours.
L'auditoire applaudit à des vers admirables ;
La coupole en tremble, et... tout finit par des fables[1]...

Était-ce là le but qui vous était tracé ?
Et ne l'avez-vous pas souvent outre-passé ?
Comme un coursier fougueux, sans frein et hors d'haleine
Vous vous êtes lancés loin de votre domaine,
Galopant au hasard, courant à travers champs ;
Pour ce qu'il ne faut pas vos voix trouvent des chants.
Pour des dieux étrangers conservez votre culte ;
On ne vous blâme point, mais aussi point d'insulte
A nos Lares, ces dieux protecteurs du foyer !...
Ce n'est point aux statuts, c'est trop se fourvoyer.
Des exemples mauvais, plutôt que de sagesse,
Devraient-ils être offerts par vous à la jeunesse ?
Avez-vous protesté ?... J'admire, en vérité,
Du Monarque régnant la longanimité.

Que de justes griefs amassés sur vos têtes !
Vous avez provoqué vous-même ces tempêtes.

De la raison toujours suivîtes-vous les lois,
Dans vos discours publics comme dans certains choix !

[1] Fables charmantes de notre aimable auteur Viennet; mais ce sont des fables. — Il sait faire autre chose de plus sérieux.

Courons-nous écouter nos docteurs de la langue,
Entendre ses beautés ! C'est toute autre harangue...
D'abord l'opinion, c'est le point capital,
Qu'on soit littérateur après, tant bien que mal.
Et du pauvre défunt tout le panégyrique
N'est souvent, aux trois quarts, qu'un factum politique.
Parlons des candidats ! Combien en a-t-on vus
Être admis parmi vous de titres dépourvus ?
De titres éclatants, de titres littéraires ?
Mais illustres, puissants en titres nobiliaires...
Vous aspirez plutôt à vous enducailler,
(Comme disait un jour Duclos, pour vous railler)
Et vous donner un air de bonne compagnie.
La noblesse jamais vaut-elle le génie ?

Mais de tant de griefs, de ce dernier péché,
Erreur des pauvres gens, nous faisons bon marché.
A tout vous pardonner voulût-on se résoudre,
Sur un point capital on ne peut vous absoudre :
Vous êtes loin d'avoir rempli votre devoir,
Impardonnable faute à punir sans surseoir.

En aréopagite aujourd'hui je m'érige.
D'un corps savant il est des œuvres qu'on exige.
Parlez. Qu'avez-vous fait ? Je le dis devant Dieu :
Oui, vous avez trompé la France et Richelieu.

Votre tâche, pour vous noble et digne partage,
Était, chez les Français, de fixer le langage
Et faire de Paris, comme Athène autrefois,
Le temple de l'esprit et du goût à la fois.

Tout a marché sans vous, malgré votre édifice,
Qui n'a jamais rendu le plus léger service.
Bâti sans fondement, par le faîte élevé,
Pouvait-il présenter un ouvrage achevé ?
Deux siècles écoulés dans la même inertie
Disent votre impuissance et votre impéritie.
Victime trop longtemps d'un indigne repos,
La France doit sortir d'un semblable chaos.
D'un corps tout en ruine il faut changer la base,
Rajeunir ses statuts, faire enfin table rase.
Il faut aussi répondre au besoin du pays,
Satisfaire au progrès, au nombre d'érudits,
Répandre avec mesure une égale lumière,
Rendre l'instruction partout plus régulière,
Aux études donner une autre impulsion,
En transformer enfin l'organisation.

Ce sont travaux nouveaux, et notre Académie
Doit, pour les accomplir, n'être point endormie.
Ce sont lexique grec et lexique latin,
La grammaire surtout, le seul guide certain ;

Tout Enchiridion, tout livre élémentaire,
Tout ouvrage classique et tout dictionnaire
Auront seuls le garant de votre autorité,
Dont le sain jugement soit partout respecté.
Et ce grand monument, pour la gloire des Lettres,
Pouvez-vous l'entreprendre et l'achever, nos maîtres?
Parlez en conscience : avec tous vos efforts,
Pour atteindre ce but êtes-vous assez forts?
Non, s'il faut en juger par vos œuvres dernières.
Notre immense travail veut des auxiliaires...
A l'Université vous ôtez ces fleurons !...
Mais l'Université donnera ses leçons...
Quel rôle plus sublime ! instruire la jeunesse !
Le plus vrai, le plus beau des titres de noblesse !

Toucher à l'arche sainte ! insulter ainsi Dieu !
Mais voyez donc déjà l'ombre de Richelieu,
Se dressant devant vous, s'écrier : Sacrilége !...
Avez-vous donc reçu votre saint privilège
De Dieu, comme Moïse, un jour, selon la foi,
Reçut au mont Sina les tables de la loi?...
Pourquoi donc ce respect pour de nouveaux satrapes,
Lorsque nous discutons le temporel des Papes?

Esprits rétrogressifs, il faut tout mettre à neuf.
Nous devons tous avoir notre quatre-vingt neuf.

Qu'est-ce à dire? Tombé dans la décrépitude,
Votre corps ne peut plus se remettre à l'étude.
Aussitôt qu'un de vous s'assied à son fauteuil,
Immobile, il s'endort comme dans un cercueil.
A des membres glacés, frappés de léthargie,
Donnons, sans plus tarder, donnons de l'énergie
Par l'insufflation d'un sang plein de vigueur....
A vous donc de subir ce sort dans sa rigueur!
A nous de secouer des chaînes trop blessantes,
Et de briser le sceptre en vos mains impuissantes.

Si des cœurs généreux, pleins de zèle et d'ardeur,
Ne se fussent livrés au plus rude labeur
Pour doter le pays de livres nécessaires,
En lexiques divers, en diverses grammaires,
Sans guide, sans étoile éclairant l'horizon,
Quels progrès dans vos mains eût fait l'instruction!
Et vous auriez laissé, sans scrupule, la France
Des siècles se traîner ainsi dans l'ignorance.
Et voilà notre honte! Aux hommes du pouvoir,
En ce jour solennel incombe un grand devoir.
Ah! quelle question plus belle, plus féconde,
Jamais, par sa grandeur, intéressa le monde!
Qui dit les Lettres, dit: Civilisation!
Où règnent l'ignorance et la confusion.

De nos grands éléments que le faisceau se forme!
Le danger promptement appelle une réforme.
Refondons, pour porter enfin un seul cachet,
Tous leurs matériaux dans le même creuset.
Mais comment l'entreprendre avec un corps malade?
C'est tenter de monter au ciel par escalade.
Ce n'est point, il est vrai, l'œuvre des fainéants.
Suppléons par le nombre, à défaut de géants.
On peut, certes, remplir une tâche pareille,
Avec bien moins d'efforts que du temps de Corneille.
Richelieu ne compta jamais quarante élus
Qu'en y mêlant des ducs et des marquis en sus.
Il est vrai qu'en ce temps, malgré les Précieuses,
Du langage élégant les formes gracieuses
Semblaient être le lot de tout puissant seigneur,
Mais dont le jugement n'en était pas meilleur.
L'homme, en société, n'a pas toujours sa place;
Que de fois le caprice ou le hasard le classe!
S'il faut un financier, on choisit un danseur;
Un savant dans un sot peut voir son successeur.

En France, où les esprits aux sciences s'adonnent,
Dans leur diffusion les lumières rayonnent.
Frappez du pied; partout des hommes de savoir,
En foule surgiront, tous pleins de bon vouloir.

De notre nouveau temple, en son nouveau programme,
Ouvrons à deux battants les portes à la Femme.
Non la femme bas-bleu, Cathos ou Madelon,
Mais la femme savante et digne de ce nom.
Laissons la loi salique en son antique rouille;
Le style de Clio n'est point une quenouille,
Et madame Dacier ou madame de Staël
Peut coudoyer tel prince et même un cardinal.
Augmentons les fauteuils pour recevoir cent membres[1],
L'élite du pays, comme pour les deux Chambres.
Dieu merci ! les savants en France sont nombreux,
Au fauteuil possédant des titres glorieux !
Nous en recruterons dans cent académies,
Et des hommes actifs, et non pas des momies !
Des Lettres le foyer n'est plus seul à Paris;
Partout s'étend leur culte; on en connait le prix.
Comme à Paris, déjà leur centre est en province,
Que trop arrogamment des concours on évince.
D'un noble mouvement l'aurore a commencé;
Son rayon lumineux ne peut être éclipsé,

[1] — 20 pour le dictionnaire français.
— 40 pour les autres dictionnaires.
— 20 pour différentes grammaires.
— 20 exempts pour diverses causes.

100

Sur la Province brille une clarté nouvelle ;
Il faudra tôt ou tard que l'on compte avec elle.

Nous atteindrons alors un magnifique but.
Qu'au monde en sa grandeur paraisse l'Institut !
La morale, les arts, les sciences exactes,
Grandes divisions, demeureront intactes.

Revisez sagement des statuts surannés,
Par la saine raison et le temps condamnés ;
Que chaque candidat en odes, en épîtres,
En ouvrages divers, se montre riche en titres.
(Non à la Scudéri, confrère de jadis,
Que Richelieu nomma pour ses mauvais écrits,
Dans sa fertilité la plus pauvre des plumes !)
Mais avec un bagage au moins de dix volumes [1].
Dix volumes, bon Dieu ! Là serait tout compris :
Les écrits de l'auteur, imprimés, manuscrits [2].

[1] Par volume, nous entendons dix feuilles d'impression, nombre exigé par la loi pour traiter certains sujets.

[2] Tous les auteurs n'ont pas le bonheur de trouver des éditeurs.

Tous les auteurs n'ont pas les ressources suffisantes pour faire imprimer leurs œuvres.

Le candidat, en se présentant, enverrait donc ses manuscrits, comme il est fait pour un sujet proposé par l'Académie.

Serait considéré comme volume : une comédie, une tragédie, un drame historique en cinq actes, la traduction d'un auteur, enfin toute œuvre instructive, comme grammaire, livre élémentaire, etc.

Gardez-vous de prêter le flanc au ridicule
Par des élections à système de bascule,
Par celles de faveur et d'esprit de parti :
C'est un choix sérieux que l'on veut aujourd'hui.
Et qu'on ne dise pas : Cent à l'amphithéâtre,
Hélas ! ils ont encor de l'esprit comme quatre !

D'un si brillant concours d'hommes laborieux
Nous pouvons espérer des travaux sérieux,
Un monument sublime, utile autant que digne
De la grandeur d'un peuple incontestable signe,
Qui ne traînera pas deux siècles éternels
Et fera ses auteurs justement immortels !

Aurais-je sur les yeux, par malheur, une taie !
Aurais-je mis le doigt à côté de la plaie !

Pardonnez mon langage en sa témérité ;
Je pense n'avoir dit rien que la vérité.

A toi, Napoléon, cette œuvre salutaire !
Accomplis ce travail devenu nécessaire ;
Seul, il peut illustrer un règne déjà grand,
Le placer dans l'histoire au plus glorieux rang !

TABLE DES MATIÈRES

LES EUROPÉENNES.

POÉSIES DIVERSES (Odes et Épîtres).

ODES.

ÉPÎTRE.

www.ingramcontent.com/pod-product-compliance
Ingram Content Group UK Ltd.
Pitfield, Milton Keynes, MK11 3LW, UK
UKHW031846260826
14628UKWH00002B/609